BOB ANDREWS

Alter:
10 Jahre

Wohnort:
Rocky Beach

Kennzeichen:
rotes Fragezeichen

Aufgaben:
Recherchen und Archiv

Hobbys:
Bücher lesen,
schreiben, Kino

Dieses Buch gehört:

Die drei ??? *Kids*

Band 90

Flug ins Nichts

Erzählt von Ulf Blanck

Mit Illustrationen von Stefani Kampmann

KOSMOS

Umschlag- und Innenillustrationen von Stefani Kampmann, Osterwieck
Grundlayout von der Peter Schmidt Group, Hamburg
Umschlaggestaltung von Sigrid Walter, Würzburg

»Flug ins Nichts« ist der 90. Band der Reihe
»Die drei ??? Kids«.

Unser gesamtes lieferbares Programm und
viele weitere Informationen zu unseren Büchern,
Spielen, Experimentierkästen, Autoren
und Aktivitäten findest du unter **kosmos.de**

Gedruckt auf Cradle to Cradle Certified™ Munken Papier

ISBN: 978-3-440-17314-5
Redaktion: Susanne Stegbauer
Produktion und Satz: DOPPELPUNKT, Stuttgart
Druck und Bindung: Finidr, s.r.o., Český Těšín
Printed in Czech Republic / Imprimé en République tchèque

Die drei ??? *Kids*
Flug ins Nichts

Himmelsstürmer

»Guckt euch den Himmel an, Freunde! Keine Wolke, kein Wind und Sonne den ganzen Tag. Bestes Badewetter.« Als Peter das sagte, legte er dabei seinen Kopf in den Nacken und kippte mit dem Stuhl leicht nach hinten. Wie so oft hatten sich die drei ??? bei Justus getroffen und saßen auf der Veranda. Bob wischte sich anschließend die Reste vom Kirschkuchen von den Lippen. »Ich bin dabei, Peter. Gefrühstückt haben wir und besser kann das Wochenende nicht starten. Was ist mit dir, Just?«

»Klar, ich komme mit. Die Hitze heute ist ja nur im Wasser auszuhalten.« Dann blickte auch Justus in den wolkenlosen Himmel. Doch plötzlich kniff er die Augen zusammen. »Seht ihr dort oben dieses kleine Flugzeug? Es scheint im Kreis zu fliegen.«

Auch Bob hatte es nun entdeckt. »Ja, und es steigt dabei immer weiter nach oben. Wie ein Adler.«

Peter setzte seine Sonnenbrille auf. »Stimmt, Adler schrauben sich auch in Kreisen hoch hinauf in die Luft. Wenn ich mich für einen Tag in einen Vogel verwandeln könnte, dann würde ich mir den Adler aussuchen. Stellt euch einmal vor, dass man einfach so fliegen kann. Fast ohne Flügelschlag gleitet ihr durch die Luft. Das muss echt cool sein.«

Justus knetete nachdenklich seine Unterlippe. »Wenn ich es mir aussuchen könnte, dann würde ich den Wanderalbatros wählen. Es ist der größte fliegende Vogel der Welt. Seine Flügelspannweite beträgt über drei Meter fünfzig.« Bob grinste breit. »Just, das lebendige Lexikon. Aber ich kenn mich auch aus und würde mich in einen Kolibri verwandeln. Die gehören zu den kleinsten Vögeln der Welt. Doch dafür können Kolibris in der Luft stehen bleiben wie ein Hubschrauber. Die machen fünfzig Flügelschläge in der Sekunde.«

»Wow«, lachte Peter. »Dann nennen wir uns nach der Verwandlung ›Die drei Flattermänner‹.«

In diesem Moment schien etwas aus dem Flugzeug zu fallen und Justus zuckte zusammen. »Habt ihr das gesehen? Ist da ein Teil vom Flügel abgefallen?« Peter wusste es besser. »Nein, das ist eindeutig ein Fallschirmspringer. Das habe ich schon oft gesehen.« Der Zweite Detektiv kannte sich damit sehr gut aus, denn Peters Vater arbeitete beim Film in Hollywood. Er war zuständig für Spezialeffekte und gefährliche Stunts. Fallschirmspringen gehörte natürlich dazu. Auch Bob blinzelte nun gegen die Sonne. »Der fällt wie ein Stein vom Himmel. Da! Jetzt öffnet sich der Fallschirm.«

Mit einem kräftigen Ruck wurde der waghalsige Springer gestoppt und hing an einem knallroten Fallschirm. Peter stand begeistert auf. »Seht euch das an! Um fliegen zu können, braucht man sich nämlich doch nicht in einen Adler zu verwandeln. Das würde ich auch gern einmal machen.«

Justus verzog sein Gesicht. »Ich bleibe lieber auf der Erde. Was ist, wenn sich so ein Fallschirm nicht öffnet? Oder man wird vor Schreck ohnmächtig.«

»Das macht nichts«, konnte ihn Peter beruhigen. »Fast jeder Fallschirm verfügt mittlerweile über sogenannte Öffnungsautomaten. Diese öffnen bei gut zweihundert Meter den Reserveschirm vollautomatisch. Fallschirmspringen gehört zu den sehr sicheren Sportarten. Man darf sich natürlich nicht viele Fehler erlauben.«

»Das stimmt«, sagte Bob. »Eigentlich keinen. Zum

Beispiel darf man seinen Fallschirm nicht mit dem Wanderrucksack verwechseln.«

Justus konnte aber nicht darüber lachen und deutete mit dem Zeigefinger in die Luft. »Der Fallschirmspringer zieht kleine Kreise und es sieht so aus, als würde er direkt auf uns zukommen. Will der hier etwa auf dem Schrottplatz landen?«

Peter beobachtete konzentriert den Springer. »Ich glaube, du hast recht, Just. Der kommt immer dichter. Ist der irre? Die freie Fläche vor der Veranda ist nicht besonders groß.«

Alle drei standen nun nebeneinander und verfolgten das waghalsige Manöver des Fallschirmspringers. Dieser war mittlerweile so nah, dass man den gelben Anzug und den schwarzen Helm erkennen konnte. Die Anordnung der Farben erinnerte an eine Wespe. In einer engen Kurve schwebte der Springer nur knapp übers Haus und landete schließlich gekonnt mitten auf dem staubigen Platz. Mit einem seidigen Rauschen fiel der Fallschirm in sich zusammen.

Bob stand der Mund offen. »Das gibt es doch gar nicht. Um ein Haar wäre der uns in den Kirschkuchen gefallen.«

Auch Tante Mathilda wurde von der Aktion angelockt und riss die Haustür auf. »Was ist denn hier los?«, rief sie entsetzt. »Brauchen wir einen Arzt? Oder die Feuerwehr?« Im selben Moment kam Onkel Titus aus seinem Schuppen mit Lieblingsschrott. Als er den Fallschirmspringer entdeckte, fiel ihm ein Schraubendreher aus der Hand. »W-wer zum Teufel ist das?«, stotterte er.

Der Springer im gelben Anzug hatte sich mittlerweile von seinem Fallschirm befreit und ging mit großen Schritten auf die staunende Gruppe zu. Dabei nahm die Person den schwarzen Helm ab. Eine Frau mit langen, blonden Haaren kam zum Vorschein. »Entschuldigen Sie, dass ich hier so einfach vom Himmel falle. Aber ich kann das erklären.«

Skydome

Tante Mathilda hatte sich etwas beruhigt und ging ebenfalls energisch auf die Fallschirmspringerin zu. »Da bin ich mal gespannt, gute Frau. Es kommt nämlich nicht oft vor, dass jemand bei uns aus den Wolken fällt. Ich bin ganz Ohr.«

»Nun, ich wollte das Spaßige mit dem Nützlichen verbinden. Zum einen habe ich nämlich heute meinen tausendsten Absprung gefeiert. Und zum anderen wollte ich sowieso auf den Schrottplatz von Titus Jonas.« Onkel Titus zuckte zusammen. »Das ist kein Schrottplatz, junge Frau. Das hier ist ein Wertstoffhandel. Wie kann ich Ihnen helfen?« Die Fallschirmspringerin reichte ihm die Hand. »Mein Name ist Cora Borelli und ich bin die Besitzerin der mobilen *Bodyflight-Attraktion Skydome*.« Tante

Mathilda wich ein Stück zurück. »Wovon sind Sie bitte die Besitzerin? Ich verstehe kein Wort.« Doch Peter kannte sich damit aus. »Cool, ich kenne das. Das ist eine Art Windkanal, in dem man fliegen kann wie ein Fallschirmspringer. Der Wind wird durch einen riesigen Propeller in einer senkrechten Röhre erzeugt.« Cora Borelli lächelte ihn an. »Genau. Besser kann man das eigentlich gar nicht beschreiben. Man fliegt wie ein Vogel. Genau das Richtige für Leute, die Angst vorm Fallschirmspringen haben. Mein mobiler Skydome wird heute auf dem Marktplatz von Rocky Beach aufgebaut.« Onkel Titus verschränkte die Arme. »Aber wie kann gerade ich mit meinem Wertstoffhandel Ihnen dabei helfen, Mrs Borelli?«

»Das will ich Ihnen sagen, Mr Jonas: Die Stadt hat mir zur Auflage gemacht, dass ich um den Skydome herum Schutzgitter aufstellen muss.«

»Sie meinen solche Absperrgitter, die auch bei Baustellen verwendet werden?«

»Genau die, Mr Jonas. Ich bekam die Information, dass Sie womöglich über solche Gitter verfügen.«

»Mrs Borelli, ich verfüge über alles. Auf dem Gelände meines Wertstoffhandels gibt es nichts, was es nicht gibt. Und selbstverständlich habe ich solche Absperrgitter. Vielleicht etwas rostig, aber ansonsten tadellos. Hier wird nichts weggeworfen.«

»Sie sind ein Schatz, Mr Jonas. Ich benötige ungefähr zwanzig Stück für drei Tage. Können Sie mir die zum Marktplatz transportieren?«

»Kein Problem, Mrs Borelli. Ich mache Ihnen einen guten Preis. Und drei Helfer fürs Auf- und Abladen werde ich schon finden.« Dabei zwinkerte er kurz Justus, Peter und Bob zu. »Aber meine Mitarbeiter wollen natürlich auch entlohnt werden.«

»Selbstverständlich. Dafür gibt es für jeden zehn Dollar oder wahlweise einen Freiflug im Skydome.«

Peter klatschte in die Hände. »Also ich nehme auf jeden Fall den Freiflug.« Bob hob ebenso den Daumen. Nur Justus schüttelte den Kopf. »Ich bleibe lieber auf dem Boden und freue mich über das Geld.«

Onkel Titus verteilte nun Arbeitshandschuhe an die drei Freunde. »Ich denke, wir sollten sofort anfangen, oder? Das Geschäft ist gemacht.«

»Sehr gut, Mr Jonas. Meine Leute warten schon auf die Gitter. Sie sind wirklich ein Schatz«, lächelte Cora Borelli und begann damit, den Fallschirm einzupacken.

»Sie sind ein Schatz, Mr Jonas«, äffte Tante Mathilda die blonde Frau leise nach. »Sie sind ja so ein Schatz. Titus, lass dich bloß nicht von der einwickeln und gib nicht wieder einmal alles viel zu billig weg!

Ich saß heute Morgen an der Buchhaltung und habe Rechnungen sortiert. Unser Wertstoffhandel braucht dringend Einnahmen.«

Ihr Mann zog sich jetzt auch Arbeitshandschuhe an. »Keine Angst, Mathilda. Wer nicht vorher nachfragt, bekommt einen Sonderpreis. Und der ist dann besonders hoch.«

Die Absperrgitter waren schnell aufgeladen und Onkel Titus setzte sich hinters Steuer seines Pickups. »Kommen Sie, Mrs Borelli. Ich nehme Sie und Ihren Fallschirm mit in die Stadt. Die drei Jungs kommen mit den Rädern nach. So weit ist es ja nicht.« Kurz darauf fuhren alle los. Peter radelte vorweg und drehte sich dabei zu Justus um. »An deiner Stelle würde ich mir das mit dem Freiflug noch mal überlegen«, rief er seinem Freund zu. »Du wolltest doch wie ein Wanderalbatros fliegen. Und das Gute ist, dass man in so einem Windkanal nicht tief fallen kann. Absolut ungefährlich.«

»Hmh, ja, vielleicht überlege ich mir das noch, Peter.«

Als die drei ??? auf dem Marktplatz eintrafen, hatte Onkel Titus schon damit begonnen, die Absperrgitter vom Pick-up zu laden. In der Mitte des Marktes war eine riesige Röhre aus Kunststoffglas aufgebaut. Diese stand auf einem hohen Holzpodest. Arbeiter waren damit beschäftigt, die obere Abdeckung auf die Röhre zu setzen.

Dies war eine Kuppel aus Draht und Gitterstäben. Ein Mann mit rotem Schutzhelm stand auf einer Leiter und gab Anweisungen. Cora Borelli winkte ihm zu. »Hallo, Mike! Da sind wir wieder. Ich habe die Absperrgitter bekommen. Das mit dem Schrottplatz war eine gute Idee.« Onkel Titus mischte sich jetzt genervt ein. »Gute Frau! Das ist immer noch ein Wertstoffhandel und kein Schrottplatz. Wo sollen wir die Absperrgitter hinlegen?« Cora Borelli deutete auf den Brunnen am Marktplatz. »Legen Sie die Dinger einfach hinter das Plätscherding mit der komischen Figur. Meine Leute nehmen sich dann die Gitter von dort weg und bauen sie auf.« Justus zog sich seine Arbeitshandschuhe an. »Das

SKYDOME
T. JONAS

ist keine komische Figur«, sagte er leise. »Das ist Fred Fireman. Er hat damals Rocky Beach vor einem verheerenden Brand gerettet.« Cora Borelli hatte dies mitbekommen. »Oh, dann muss ich mich wohl entschuldigen. Kein Schrottplatz und keine komische Figur. Ich merke mir das jetzt. In Rocky Beach wird anscheinend alles sehr genau genommen.«

Nachdem die Sicherheitsgitter abgeladen waren, übergab die Fallschirmspringerin Peter und Bob die Gutscheine für einen Freiflug. »Möchtest du immer noch die zehn Dollar oder hast du dich anders entschieden?«, fragte sie anschließend Justus. Dieser blickte noch einmal prüfend auf den Skydome. »Was soll's. So eine Gelegenheit kommt nicht so schnell wieder. Und tief fallen kann man da wirklich nicht. Ich nehme auch den Freiflug.«

»Eine gute Entscheidung«, lächelte Cora Borelli. »Du wirst es nicht bereuen.«

In diesem Moment kam Kommissar Reynolds aus dem Polizeirevier und ging direkt auf die Gruppe zu. »Was wird das hier eigentlich, wenn ich fragen darf?«, rief er leicht atemlos und deutete auf die riesige Röhre. Cora Borelli reichte ihm die Hand. »Guten Morgen, Mr Reynolds. Wir haben letzte Woche miteinander telefoniert. Das hier ist mein Skydome und Sie hatten mir dafür die Genehmigung erteilt.«

»Für so einen monströsen Apparat?«, schnaufte der Kommissar. »Ich dachte, das wäre so eine kleine Trampolinanlage, bei der man durch die Luft fliegt. Das hier sieht eher aus wie eine Abschussrampe für Mondraketen. Ist das denn auch alles sicher?«

»Aber selbstverständlich, Kommissar«, antwortete Cora Borelli. »Ich habe dafür sämtliche technischen Zulassungen und Versicherungen. Das ist sicherer als Fahrradfahren.«

»Na schön, dann will ich Ihnen das mal glauben. Ich möchte ja nicht der Spielverderber sein, und nach drei Tagen ist das hier zum Glück alles wieder verschwunden. Hauptsache, es gibt keinen Ärger. So, und jetzt muss ich zur Dienstbesprechung.«

Mit diesen Worten verschwand der leicht verschwitzte Kommissar wieder auf dem Polizeirevier. Auch Onkel Titus verabschiedete sich. »Dann wünsche ich Ihnen viel Erfolg, Mrs Borelli. Und wenn Sie noch etwas benötigen, wissen Sie ja jetzt, dass mein Wertstoffhandel alles hat. Guten Flug!«

Testflug

Die drei ??? beobachteten, wie der Mann mit dem roten Helm von der Leiter stieg. Unten angekommen wischte er sich den Schweiß von der Stirn und ging auf die Besitzerin des Skydomes zu. »Wir sind so weit, Cora. Der Deckel ist drauf, der Rotor ist angeschlossen und das Netz darüber ist gespannt und gesichert. Wenn du willst, können wir jetzt mit dem Testflug starten.« Justus trat einen Schritt zurück. »Moment! Unser Freiflug ist doch wohl nicht etwa der Testflug? Ich bin ungern das Versuchskaninchen.« Doch Cora Borelli konnte ihn beruhigen. »Nein, keine Angst. Es ist vorgeschrieben, dass Testflüge nur mit sogenannten Dummys stattfinden dürfen. Dummys sind Puppen oder Ähnliches. Wir nehmen dafür immer dicke Säcke, die wir mit Wolldecken vollgestopft haben. Vom Gewicht her entspricht dies ungefähr einem Menschen. So, alles klar, Mike. Dann können wir loslegen. Mike ist übrigens mein technischer Leiter im Skydome. Ohne ihn läuft hier gar nichts. Er trägt die volle Verantwortung.«

Der junge Mann nahm kurz seinen Helm ab und reichte jedem die Hand. »Schön, euch kennenzulernen. Wenn ihr einen Freiflug habt, dann sehen wir uns später sowieso noch.« Anschließend verschwand der technische Leiter in einem kleinen Blechcontainer neben der durchsichtigen Röhre. Durch ein Fenster konnte er auf den Skydome blicken. Cora Borelli steckte sich die Finger in die Ohren. »Gleich wird es laut, Jungs. Mein Skydome ist eine der ersten Bodyflight-Anlagen, die gebaut wurden. Ursprünglich wurde sie für einen Filmdreh eingesetzt. Die neuen und modernen Anlagen funktionieren mit einem geschlossenen System. Dadurch sind sie viel leiser. Aber vom Flugspaß her ist es dasselbe.«

Sie hatte nicht übertrieben, denn plötzlich wurde es ohrenbetäubend laut. Es hörte sich an wie ein startender Hubschrauber. Cora Borelli deutete auf einen weiteren Mitarbeiter vor dem Skydome. In der Hand hielt dieser einen dicken Sack. »Der wird jetzt gleich mit dem Dummy die Schleuse zum Windkanal betreten«, brüllte die Besitzerin gegen den Lärm an. »Die Schleuse ist ein kleiner, vorgelagerter Raum. Hier muss immer eine Tür zubleiben. Achtung, gleich geht's los.«

Gebannt beobachteten die drei Freunde, wie der Mann die Schleuse betrat. Dann warf er den Sack mit den Wolldecken schwungvoll in die runde Röhre. Sofort wurde der Dummy vom starken Wind erfasst und schoss mehrere Meter in die Luft. Ab jetzt schien er schwerelos zu schweben und drehte sich dabei im Kreis. Peter war begeistert. »Das ist wie bei einem Sprung aus dem Flugzeug«, schrie er. »Mit den Händen und dem ganzen Körper kann man den Flug steuern. Absolut cool!«

Cora Borelli machte währenddessen Fotos mit

einer kleinen Kamera. »Das muss ich bei jedem Testflug für die Dokumentation machen. Vorschrift ist Vorschrift. Aber wie ihr seht, läuft alles glatt. Der Testflug ist abgehakt.«

Die lauten Geräusche des Rotors wurden jetzt wieder etwas leiser und der Dummy sackte ab. Er schwebte nur noch knapp über dem Bodennetz. Doch als er noch weiter absackte, schien sich plötzlich das Netz zu lösen.

Gleichzeitig kam der Sack ins Trudeln, fiel in die Tiefe und wurde im Bruchteil einer Sekunde von den scharfkantigen Rotoren zerfetzt. Übrig blieben nur noch winzige Stoffteile, die wie Konfetti durch die vergitterte Kuppel in den Himmel schossen. »Habt ihr das gesehen?«, schrie Bob entsetzt auf. »Der Propeller hat alles wie in einem Mixer klein gehackt.« Der technische Leiter im Container drückte sofort auf den Notknopf und der riesige Ventilator stoppte innerhalb weniger Sekunden. Cora Borelli stand der Schreck ins Gesicht geschrieben. »Das darf doch nicht wahr sein. Mike, was ist passiert?« Der Mann mit dem roten Helm stürzte aus dem Container. »Ich habe keine Ahnung, Cora. Das Bodennetz muss sich an einer Stelle gelöst haben. Das ist absolut unmöglich. Ich selbst habe vorher alles kontrolliert.« Die Besitzerin des Skydomes war so blass wie ihr blondes Haar. »Ich bin froh, dass es nur der Testflug war. Wir müssen herausfinden, was dort geschehen ist.«

Justus Jonas knetete nachdenklich seine Unterlippe. »Das ist wirklich höchst sonderbar«, sagte er mit leiser Stimme. Dann wandte er sich an Cora Borelli. »Dürfen wir uns das auch einmal ansehen? Wir interessieren uns für unmögliche Dinge.« Die junge Frau nickte. »Ja, natürlich. Bei uns gibt es keine Geheimnisse und vielleicht entdeckt ihr etwas, was wir übersehen haben.«

Aufgeregt stiegen alle die Podeststufen hinauf, und der technische Leiter führte sie in die Luftschleuse. Mit immer noch zittrigen Fingern zeigte er auf die Befestigung des Bodennetzes. »Da! Seht ihr die Karabinerhaken? Sie sind doppelt mit Haltebolzen gesichert. Ich habe jeden einzelnen heute Morgen kontrolliert. Das schwöre ich.« Peter beugte sich nach vorn. »Ja, die Bolzen sind zusätzlich mit einem Splint gesichert, so wie ich das erkenne. So ein Splint sorgt dafür, dass der Bolzen nicht aus der Verankerung rutscht.« Mike, der technische Leiter, nickte. »Genauso ist es und du scheinst dich auszukennen. Wie gesagt, von allein ist das unmöglich.« Cora Borelli hatte ihre kleine Kamera wieder eingepackt. »Gut, Mike. Bringt das bitte wieder in Ordnung, dann starten wir den zweiten Testflug.«

»Alles klar, Cora. Zum Glück sind das Netz und der Rotor nicht beschädigt worden. Das habe ich in einer Viertelstunde erledigt.« Danach stiegen die drei ??? mit der Besitzerin des Skydomes die Treppenstufen vom Podest hinab. Wieder knetete Justus nachdenklich seine Unterlippe. »Mrs Borelli, kamen solche scheinbar unmöglichen Dinge schon mal vor?« Die junge Frau schien von der Frage recht überrascht zu sein und blickte sich nervös um. »Wenn ich ehrlich bin, ja. Bei einem Testflug vor zwei Tagen funktionierte der Notknopf plötzlich nicht mehr. Damit kann man bei Gefahr die Anlage jederzeit stoppen. Es hatte sich ein Kabel gelöst. Aber vielleicht ist das auch nur ein Zufall.«

Justus kniff die Augen zusammen. »Ich und meine Freunde glauben nicht an Zufälle. Vielleicht sollten Sie die Polizei einschalten?«

»Die Polizei? Auf gar keinen Fall. Dieser Kommissar Reynolds würde sofort meinen Skydome schließen lassen. Den scheint das hier sowieso zu nerven. Ich werde meine Leute anweisen, die Augen offen zu halten.« Bob mischte sich nun ein. »Wenn Sie mögen, können wir Ihnen dabei helfen. Sechs zusätzliche Augen sehen meistens mehr. Und es ist so, wie Justus gesagt hat: Wir sind Spezialisten für unmögliche Dinge.« Cora Borelli lächelte ihn an. »Ihr hört euch an wie Detektive!« Justus lächelte zurück und griff in seine Hosentasche. »Wir hören uns nicht nur so an, wir sind Detektive. Darf ich Ihnen unsere Karte überreichen?« Mit diesen Worten hielt Justus der überraschten Frau eine Visitenkarte entgegen.

Es war gar nicht so lange her, dass sich die drei Freunde diese Karten zugelegt hatten. Neugierig nahm Cora Borelli die Visitenkarte in die Hand. »Die drei Detektive«, las sie laut vor. »Erster Detektiv: Justus Jonas.«

»Das bin ich«, grinste dieser.

»Zweiter Detektiv: Peter Shaw?«

»Ja, genau. Der steht vor Ihnen«, antwortete Peter.

»Und Bob Andrews ist demnach zuständig für Recherchen und Archiv, oder?«

»Richtig, der bin ich«, sagte Bob stolz. »Wenn sich herausstellt, dass es sich nicht um Zufälle handelt, dann werden wir es herausbekommen. Es wäre das erste Mal, dass wir einen Fall nicht lösen.«

Cora Borelli steckte die Visitenkarte ein. »Es ist zwar ungewöhnlich, dass ich die Bekanntschaft solch junger Detektive mache, aber warum nicht. Ich habe nichts dagegen, wenn ihr die Augen offen haltet. Wie gesagt, hier gibt es nichts zu verbergen und alles dient der Sicherheit. Aber ich hege keinen

Zweifel daran, dass es bei diesen zwei Störfällen bleibt. Die Anlage ist überprüft und auf dem neuesten Stand. Und darum werde ich später, nach dem nächsten Testflug, höchstpersönlich in den Skydome steigen. Ich vertraue der Technik, denn sonst würde ich auch niemals aus einem Flugzeug springen. Ich muss leider jetzt einen Bericht über den Vorfall anfertigen. Das schreibt die Versicherung vor. Wenn ihr wollt, dann seid nachher bei meinem Flug dabei. Wir sehen uns.«

Am Marktplatz stand ein silberfarbenes Wohnmobil, in dem Cora Borelli jetzt verschwand. Justus sah ihr hinterher. »Meine Spürnase sagt mir, dass wir wieder mitten in einem Fall stecken. Das Baden müssen wir verschieben, Kollegen.«

Eisige Besprechung

Der Marktplatz füllte sich langsam mit neugierigen Bewohnern aus Rocky Beach. An diesem frühen Morgen hatte aber anscheinend niemand etwas von dem Vorfall mitbekommen. Gegenüber öffnete Giovanni gerade sein Eiscafé. »Wir sollten einmal alles in Ruhe durchgehen«, schlug Justus vor. »Und das kann man am besten bei einem großen Eis. Erstens kann man dabei besser denken ...«

»Und zweitens?«, hakte Bob nach.

»Und zweitens habe ich Lust auf ein Eis. Los, zum Glück haben wir noch etwas Taschengeld übrig.«

Kurz darauf setzten sich die drei Freunde an einen kleinen Tisch vor dem Eiscafé. Die Sonne stand mittlerweile etwas höher am Himmel und eine aufgestellte Palme spendete Schatten. Giovanni hatte sich gerade die Schürze umgebunden und kam auf sie zu. »Buongiorno, Bambini. Was darfe der liebe Giovanni euch in die Waffel drücken?«

Justus legte eine Handvoll Münzen auf den Tisch. »Heute keine Waffel, heute brauchen wir Eisbecher, Giovanni. Für mich fünf Kugeln Zitrone mit doppelt Sahne.« Bob hob den Daumen. »Und für mich einen Bananensplit.« Peter war an der Reihe. »Dann nehme ich wie immer einen Rocky Beach Spezial. Weiße Vanille, rote Erdbeere und blaue Heidelbeere. Das Ganze mit viel Streuseln und Schokosoße.«

»Prego, kommte sofort. Subito.«

Justus nutzte die Chance für erste Ermittlungen. »Eine kurze Frage, Giovanni. Waren Sie schon den ganzen Morgen hier? Und ist Ihnen irgendetwas an dem neuen Skydome auf dem Marktplatz aufgefallen?« Der Besitzer des Eiscafés sah Justus mit großen Augen an. »Natürlich ist mir was aufgefallen. Dass de Ding riesig ist! Ich hoffe auf viele Besucher. Viele Besucher, viel Eisverkauf. Molto bene.«

»Mehr haben Sie nicht gesehen?«

»Nein, scusi – Entschuldigung. Ich bin auch erst seit fünf Minuten im Geschäft. Ihr könnt Fragen stellen. Mamma mia! Eis kommte sofort.«

Bob verzog sein Gesicht. »Pech gehabt. Ein Zeuge, der nichts sieht, ist kein Zeuge. Das hat uns nicht viel weitergebracht.«

»Es wäre aber auch zu einfach gewesen«, sagte Peter. »Womöglich ist es gar kein Fall, sondern nur Pech. Beim Film gibt es andauernd solche Vorkommnisse. Denkt nur an die ganzen Film-Stunts, die schiefgehen können. Mein Vater kann dazu viele Geschichten erzählen.« Justus konnte das nicht überzeugen. »Aber wir sind hier nicht beim Film, sondern in der Wirklichkeit. Womöglich steckt einer der Mitarbeiter dahinter? Das soll schon oft vorgekommen sein. Was ist zum Beispiel mit diesem Mike? Der schien mir vorhin sehr nervös zu sein.« Bob blickte zum Skydome. »Aber was hätte der für ein Motiv? Er schadet sich ja nur selbst, wenn die Anlage nicht richtig funktioniert. Im schlimmsten Fall könnte er seinen Job verlieren.«

»Das stimmt«, überlegte Justus weiter. »Aber wir wissen viel zu wenig über ihn. Womöglich gibt es da einen Streit mit seiner Chefin? Ausschließen können wir nichts. Er gehört auf jeden Fall zum Kreis der Verdächtigen. Für ihn wäre es ein Leichtes gewesen, die Anlage zu sabotieren.«

Giovanni brachte jetzt die drei Eisbecher und Peter stocherte in der Schokosoße. »Der Kreis der Verdächtigen ist groß, denn es gibt da eine Menge Mitarbeiter. Selbst Cora Borelli dürfen wir nicht ausschließen.« Justus schob sich einen Löffel Zitroneneis in den Mund. »Alles ist möglich. Wir stehen erst am Anfang der Ermittlungen. Wenn wir mit unserem Verdacht richtigliegen, dann kann ich mir gut vorstellen, dass bald wieder etwas Merkwürdiges geschieht. Wir müssen eben die Augen offen halten.«

Plötzlich wurde es wieder sehr laut und die Geräusche des großen Ventilators dröhnten über den Platz. Vom Eiscafé aus konnten sie beobachten, wie ein zweiter Sack mit Wolldecken in die Luft gehoben wurde. Konzentriert verfolgten die drei Detektive alles und vergaßen dabei fast ihre Eisbecher. Doch der erneute Testflug schien reibungslos abzulaufen, und der Sack landete wieder sicher auf dem straff gespannten Bodennetz. Cora Borelli kam jetzt aus dem Wohnmobil. Sie trug einen weißen Anzug und eine Sicherheitsbrille. Justus schnappte sich seinen Eisbecher und stand auf. »Giovanni!«, rief er laut. »Wir sind gleich wieder da und bringen die Becher zurück. Wir müssen uns kurz etwas ansehen.«

Der Besitzer des Eiscafés hob den Daumen. »Null Problem, Bambini. Bezahlt hattet ihr ja schon. Was für ein Krach. Mamma mia!«

Eilig liefen die drei über den Platz und stellten sich direkt vor den Skydome. Cora Borelli war gerade dabei, in die Luftschleuse zu steigen. Als sie Justus, Peter und Bob entdeckte, winkte sie ihnen zu. »Ihr kommt gerade rechtzeitig, Jungs. Nach dem erfolgreichen Testflug bin ich dran. Dann weiß ich, dass die Anlage in Ordnung ist.«

Den Rest konnte man nicht mehr verstehen, denn die junge Frau schloss nun die Tür hinter sich. Aus dem Container heraus beobachtete der technische Leiter alles und gab ihr ein Zeichen. Dann ließ sich Cora Borelli nach vorn in den Windkanal fallen. Der starke Luftstrom wehte ihre blonden Haare in die Luft und sie schwebte wie eine Fallschirmspringerin. Durch winzige Handbewegungen begann sie sich in der Röhre zu drehen. Dann stieg sie plötzlich wie eine Rakete mehrere Meter nach oben. Immer wieder drehte sie sich um ihre eigene Achse, voll-

führte ganze Saltos und kreiste wie ein Vogel. Es sah aus wie ein Ballett in der Schwerelosigkeit. Peter war beeindruckt. »Die ist wirklich gut. Um das zu können, muss man lange trainieren. Das ist volle Körperbeherrschung.«

Jetzt strömten immer mehr Schaulustige zum Skydome und versammelten sich vor dem aufgestellten Sicherheitsgitter. Neugierig starrten sie durch das Kunststoffglas. Am Ende schoss die junge Frau noch einmal weit in die Höhe, tauchte danach kopfüber ab und landete mit beiden Füßen am Rand der Röhre auf dem Netzboden. Mit einem großen Satz sprang Cora Borelli anschließend zurück in die Luftschleuse. Die Menge applaudierte begeistert. Als der große Ventilator abgeschaltet wurde, stieg sie schließlich aus der Schleuse und betrat das Podest. »Hallo, Rocky Beach!«, begrüßte sie das Publikum. »Wer immer schon mal frei fliegen wollte wie ein Vogel, der ist hier genau richtig. Der Skydome ist eröffnet und Sie können bei meiner Mitarbeiterin Tickets kaufen. Fliegen kann jeder, vom Kind bis zum Rentner. Selbstverständlich werden Sie von unseren ausgebildeten und erfahrenen Fluglehrern dabei begleitet. Verpassen Sie nicht die einmalige Gelegenheit! Fliegen wie ein Adler im Wind – jetzt hier im Skydome!«

Flugstunde

Die Werbung von Cora Borelli zeigte Wirkung, denn sofort bildete sich vor dem kleinen Kassenhäuschen eine lange Schlange. Dort saß die Mitarbeiterin und verkaufte die Tickets für den Skydome. Bob setzte sich mit seinem Eisbecher auf den Rand des Brunnens. »Anscheinend kann man mit so einem Windkanal eine Menge Geld verdienen. Ich glaube nicht, dass so ein kurzer Flug billig ist.« Peter setzte sich daneben. »Aber es ist auf jeden Fall günstiger als ein Fallschirmsprung. Und auch ungefährlicher.«

»Es sei denn, die Anlage hat einen Defekt«, gab Justus zu bedenken. »Wisst ihr noch, was dem Sack mit den Wolldecken passiert ist?« Jetzt saßen alle drei auf dem Brunnenrand und löffelten in den Eisbechern. Von hier aus konnten sie sehen, wie die

Besucher in die Luftschleuse geführt wurden. Kurz darauf erhoben sich die Ersten in die Luft und wurden dabei von einem Trainer angeleitet. Die neue Attraktion hatte sich in Rocky Beach schnell herumgesprochen und die Schlange vor dem Kassenhäuschen wurde immer länger. Konzentriert beobachteten die drei ??? alles.

Doch selbst nach einer langen Stunde gab es keine weiteren Zwischenfälle. Schließlich sammelte Justus die leeren Eisbecher ein und stand auf. »Der Skydome scheint jetzt tatsächlich reibungslos zu funktionieren. Womöglich waren das doch nur Zufälle, und mit einem neuen Fall hat das nichts zu tun. Anscheinend hatte ich diesmal den falschen Riecher.« Bob nickte zustimmend. »Es kann ja auch nicht hinter jeder ungewöhnlichen Sache ein spannender Fall stecken. Zufälle sind eben möglich. Oder was denkst du, Peter?«

»Ich denke, dass die Leute da jede Menge Spaß haben, und wir langweilen uns am Brunnen. Ich glaube mittlerweile auch, dass einfach nur etwas kaputtgegangen ist. Vor lauter Detektivgeschichten sehen wir wahrscheinlich langsam Hirngespinste. Und dabei haben wir drei schwer verdiente Freiflüge in der Tasche. Wollen wir die Gutscheine wirklich verfallen lassen?« Bob sah Justus an. »Wäre eigentlich jammerschade, oder? Ich würde es auf jeden Fall gern einmal ausprobieren.«

Schließlich holte der Erste Detektiv tief Luft. »Okay, ich möchte nicht der Spielverderber sein. Fliegen wir eine Runde im Skydome. Und wenn wir es doch mit einem Fall zu tun haben, dann zählt es zur Recherchearbeit.«

Eilig brachten sie Giovanni die Eisbecher zurück und stellten sich am Kassenhäuschen an. Die rothaarige Mitarbeiterin dort runzelte leicht die Stirn, als ihr die Gutscheine vorgelegt wurden. »Ihr habt Freiflüge geschenkt bekommen? Da hat unsere Chefin wohl ein bisschen Weihnachtsmann gespielt. Passt eigentlich gar nicht zu ihr. Aber, hier bitte! Viel Spaß im Skydome. Und ihr habt Glück, denn um die Mittagszeit ist die Schlange nicht so lang.«

Tatsächlich mussten die Freunde nur kurz warten und kamen schon bald an die Reihe. Cora Borelli persönlich übernahm das Training. »Ah, ihr seid alle drei dabei. Sehr gut. Fliegen im Skydome ist im ersten Schritt babyleicht. Lasst euch gleich einfach fallen. So, als würdet ihr in ein großes, weiches Bett springen. Arme und Beine leicht ausgestreckt und dabei ganz locker bleiben. Nicht herumzappeln und einfach nur genießen.« Dann überreichte sie jedem eine Schutzbrille. »Hier, bitte! Das reicht für den ersten kurzen Flug an Ausrüstung.« Anschließend öffnete Cora Borelli die Tür zur Luftschleuse und es wurde ohrenbetäubend laut. »Jetzt geht's los«, schrie die Trainerin. »Gleich werdet ihr von mir kein Wort mehr verstehen. Achtet auf meine Handzeichen!« Noch ehe einer der drei weitere Fragen stellen konnte, wurde die zweite Tür geöffnet. Mit einem leichten Schubs schob Cora Borelli die Freunde vorwärts. Dann ließen sie sich, wie zuvor erklärt, einfach nach vorn fallen. Sofort wurden Justus, Peter und Bob von dem extrem starken Wind gepackt und leicht angehoben. Die Trainerin flog in der Mitte und versuchte dabei, die drei im Gleichgewicht zu halten. Es war so, als würde man bei einer schnellen Autofahrt den Kopf aus dem Fenster halten. Justus flog fast die Schutzbrille weg. Peter hingegen hatte schnell herausgefunden, wie man mit kleinen Bewegungen den Flug lenken konnte.

Schon nach kurzer Zeit gelang es ihm, einige Meter aufzusteigen. Auch Bob konnte schon bald den Flug kontrollieren. Der starke Wind zerrte an ihren Gesichtern und verwandelte sie zu lustigen Fratzen. Cora Borelli hob den Daumen und ließ die drei Freunde nach kurzer Zeit allein fliegen.

Geschickt drehte sie sich um ihre eigene Achse und stellte sich dann an den Rand der Röhre auf das Bodennetz. Justus, Peter und Bob hingegen übten nun, kleine Kreise zu fliegen. Doch plötzlich wurde der Wind immer stärker und trieb sie ruckartig in die Höhe. Peter versuchte sich ganz schmal zu machen, um nicht weiter aufzusteigen. Aber das Gegenteil war der Fall. Auch Justus und Bob kamen dem oberen Begrenzungsgitter jetzt sehr nah. Als der Wind noch stärker wurde, kam leichte Panik auf. Cora Borelli wollte eingreifen, doch es gelang ihr nicht, den Flug der drei Freunde unter Kontrolle zu bringen. Wie Blätter im Herbststurm wurden sie herumgewirbelt. Doch zum Glück war der Spuk schnell vorbei und langsam nahm der starke Luftstrom ab. Einer nach dem anderen landete wieder auf dem Bodennetz. Der riesige Ventilator unter ihren Füßen kam allmählich zur Ruhe und sie konnten sich wieder verständigen. Cora Borelli blickte wütend durch die Glasscheibe zu ihrem technischen Leiter im Container. »Hat Mike denn gepennt? Bei so viel Wind fliegt man erst nach hundert Trainingsstunden. Aber zum Glück ist nichts passiert. Ihr habt das wirklich gut gemacht. Und jetzt zurück zur Luftschleuse. Ich muss mit Mike ein Wörtchen reden.«

Planänderung

Als sie alle wieder draußen standen, hatte der große Ventilator ganz gestoppt. Der technische Leiter kam aufgeregt aus dem Container gelaufen. »Cora, ich habe keine Ahnung, was passiert ist. Für einen kurzen Moment hat sich, wie von Geisterhand, die automatische Steuerung eingeschaltet. Das war das Profiprogramm mit maximaler Geschwindigkeit. Das ging alles so schnell.« Die Besitzerin des Skydomes nahm wütend ihre Schutzbrille ab. »So ein Blödsinn, Mike. Das kann sich nicht so einfach einschalten. Gib zu, du hast einfach nur gepennt. Zum Glück sind um die Mittagszeit fast keine Zuschauer da gewesen. Die bekommen ja Todesangst, wenn sie das sehen.«

Mike unternahm noch einen Erklärungsversuch,

doch er wurde von Cora Borelli harsch unterbrochen. »Hör jetzt auf, dich herausreden! Fehler können wir uns nicht erlauben. Du bist mein technischer Leiter und für die Funktion des Skydomes verantwortlich. Check jetzt die Anlage und dann geht's weiter. Für den Nachmittag haben wir sehr viele Tickets verkauft.« Auch Justus hatte nun seine Schutzbrille abgenommen. »Sind Sie sicher, dass es sich nicht um einen technischen Fehler gehandelt hat?«

»Ach, Unsinn. Mike hat wahrscheinlich wieder mal am Handy gespielt und sich nicht konzentriert. Es ist aber wie beim Fallschirmspringen: Fehler werden sofort bestraft. Doch jetzt wisst ihr zumindest, welche Kraft der Wind hat.«

Peters Haare waren total zerzaust. »So muss es sich anfühlen, wenn man in einen Orkan gerät. Ich bin froh, dass es oben ein Sicherheitsgitter gibt. Sonst wären wir noch hinausgeschleudert worden.«

»Sicherheit geht eben vor«, lächelte Cora Borelli. »Wollt ihr noch einmal fliegen?« Justus schüttelte sofort den Kopf. »Nein, danke. Einmal reicht.«

Bob setzte sich wieder seine richtige Brille auf. »Mir auch. Ich hab mich gefühlt wie in einer Waschmaschine.«

»Alles klar, Jungs! Dann noch mal vielen Dank, dass ihr mir beim Auf- und Abladen geholfen habt. Und es wäre natürlich nett, wenn ihr nicht jedem von diesem kleinen Zwischenfall berichten würdet. Die Leute neigen dazu, aus einer Mücke einen Elefanten zu machen. Einen schönen Tag noch.«

Immer noch aufgewühlt gingen die drei ??? zurück zu ihren Rädern. Justus sah sich dabei noch einmal um. »So langsam glaube ich, dass meine Spürnase mich doch nicht getäuscht hat. Das ist jetzt der dritte Vorfall und spätestens jetzt glaube ich nicht mehr an Zufälle.« Peter hatte seine Haare wieder in Ordnung gebracht. »Ich bin mir auch nicht so ganz sicher, ob dieser Mike wirklich gepennt hat. Mich wundert, dass Cora Borelli für diese Anlage eine Zulassung bekommen hat. Das hat nichts mit einem modernen Windkanal zu tun. Der Skydome scheint noch aus den Anfängen der Fliegerei zu stammen. Ich werde auf jeden Fall auch nicht noch einmal dort reingehen. Aber was machen wir jetzt? Zum Baden ist es langsam zu spät.«

»Ja, verschieben wir das«, antwortete Justus. »Bei diesem Fall können wir nur abwarten, was passiert.«

»Wenn überhaupt etwas passiert«, führte Bob den Gedanken fort. »Okay, dann treffen wir uns morgen früh auf dem Schrottplatz.«

Als die drei Freunde vom Marktplatz wegfuhren,

hörten sie hinter sich, wie erneut der laute Rotor startete. Denn noch immer war vor dem Skydome eine lange Schlange.

Kurz darauf kam Justus am Schrottplatz an. Onkel Titus war gerade dabei, eine alte Waschmaschine zu reparieren. »Du kommst genau rechtzeitig«, rief er Justus entgegen. »Denn du wirst Zeuge, wie achtlos die Menschheit mit Rohstoffen umgeht. Diese Waschmaschine wollte ein Kunde von mir einfach

wegwerfen. Dabei kann ich mit nur einem kleinen Stück Schlauch die Maschine wieder voll funktionstüchtig machen. Kein Wunder, dass die Müllberge immer höher werden.«

Justus betrachtete interessiert die Waschmaschine. »Da steckt eine Menge Technik drin. Wie wahrscheinlich ist es eigentlich, dass so ein Apparat außer Kontrolle gerät? Zum Beispiel, dass sich die Trommel immer schneller und schneller dreht?«

»Sehr wahrscheinlich ist es nicht, Justus. Aber auch nicht unmöglich. Bei technischen Geräten können sich immer Fehler einschleichen. Darum würde ich mich auch nie in ein selbstfahrendes Auto setzen. Wieso fragst du das?«

»Ach, nur so.«

Tante Mathilda kam jetzt auf die Veranda und blinzelte in der Sonne. »So, jetzt bin ich mit der Buchhaltung endlich durch. Die Rechnungen haben sich nämlich gestapelt. Zum Glück kommt morgen aber hoffentlich etwas Geld rein.«

»Was ist denn morgen?«, fragte Justus nach.

»Morgen sind Titus und ich auf dem Flohmarkt in Santa Barbara. Dort haben wir immer viel verkauft.« Onkel Titus wischte sich mit einem Lappen die Hände ab und ging ebenso zur Veranda. »So ist es. Die Leute in Santa Barbara lieben alte Sachen und Trödel. Ich habe gerade eine Ladung ausgediente Schreibmaschinen reinbekommen. Die werden weggehen wie Eistee in der Wüste.«

Den Rest des Tages half Justus, den Pick-up mit Trödel und Flohmarktartikeln zu beladen. Er konnte sich keinen schöneren Platz auf der Welt vorstellen als hier bei Tante Mathilda und Onkel Titus. Seine Eltern waren gestorben, als er fünf Jahre alt war. Hier hatte er aber eine neue, liebevolle Familie gefunden.

Zum Abendbrot legte Onkel Titus einige Würstchen auf den Grill und zum Nachtisch gab es wie so oft Kirschkuchen. Noch lange saßen sie auf der Veranda und genossen den prächtigen Sonnenuntergang.

Das Unsichtbare Phantom

Am nächsten Morgen wurde Justus durch laute Geräusche sehr früh geweckt. Aus seinem Fenster im Obergeschoss konnte er sehen, wie Onkel Titus einen großen Stapel Radkappen auf die Ladefläche des Pick-ups warf. »Guten Morgen«, rief dieser hinauf. »Die Radkappen werde ich als Untersetzer für Blumenkübel verkaufen. Mathilda und ich fahren jetzt zum Flohmarkt und kommen erst am späten Nachmittag zurück. Essen steht im Kühlschrank.« Kurz darauf fuhr laut knatternd der alte Pick-up durchs Eingangstor des Titus Jonas Wertstoffhandels. Verschlafen trottete Justus die knarrende Holztreppe hinab und schlurfte in seinen Pantoffeln durch die Küche. Neugierig öffnete er den Kühlschrank und ein großer Teller mit Spaghetti strahlte ihn an. Der Tag hätte nicht besser starten können. Als wenig später seine beiden Freunde eintrafen, hatte er sich immer noch nicht angezogen. »Schicker Schlafanzug«, grinste Peter. »Besonders die kleinen Bären darauf sind gerade total angesagt.« Justus biss in ein Brötchen mit Kirschmarmelade.

»Den Schlafanzug habe ich schon ewig. Irgendwie wächst der mit.« Bob blickte in den wolkenlosen Himmel. »Wisst ihr noch, wie gestern Cora Borelli über uns aus dem Flugzeug sprang? Ich bin gespannt, ob es noch mehr merkwürdige Vorkommnisse geben wird.«

In diesem Moment kam plötzlich ein Motorrad angefahren und hielt mit einer Vollbremsung direkt vor der Veranda. Erst als der Fahrer den Helm abnahm, erkannten sie die Besitzerin des Skydomes. »Guten Morgen«, rief sie ihnen entgegen. Ihre Stimme verriet, dass sie sehr aufgeregt war. »Jetzt weiß ich leider, dass ich meinen technischen Leiter zu Unrecht beschuldigt habe. Mike hatte mit dem Vorfall gestern nichts zu tun.« Justus wischte sich mit dem Handrücken Marmeladenreste vom Mund. »Bitte, was sagen Sie? Was ist passiert?« Cora Borelli ging die Stufen zur Veranda hoch und legte ihren Helm auf dem Tisch ab. Dann zog sie ein Handy aus der Tasche. »Hört euch einmal bitte diese Sprachnachricht an. Es ist schrecklich.«

Eine sonderbare Stimme war jetzt zu hören. Man erkannte sofort, dass sie technisch verfremdet war. Sie klang tief und die Sprache war abgehackt: *»Hier spricht das Unsichtbare Phantom«*, plärrte es aus dem Lautsprecher. *»Ihr Albtraum wird wahr. Der Schrecken wird nicht enden. Nichts wird vor mir sicher sein. Der Skydome ist in meiner Hand und niemand wird mir diesen entreißen. Ich melde mich wieder.«*

Mit offenen Mündern starrten sich die drei ??? an. »Was war das denn?«, stotterte Peter. »Das war eindeutig die Nachricht eines Erpressers.« Die Frau nickte. »Das wurde mir heute Morgen von einem Unbekannten geschickt. Ich habe keine Ahnung, was jetzt geschieht. Noch weniger weiß ich, was ich machen soll. In meiner Verzweiflung bin ich zu euch gekommen, denn die Polizei wird das sicherlich für einen Scherz halten.« Justus war sofort voll konzentriert. »Ob es ein Scherz ist oder nicht, wird sich bald herausstellen. Zum Glück haben wir gute Kontakte zur Polizei und Kommissar Reynolds. Kann man denn erkennen, wer der Absender der Botschaft ist? Gibt es eine Telefonnummer?«

»Nein, leider nicht. Der Absender ist unbekannt. Das wäre ja auch zu einfach gewesen. Aber seht euch das selbst an.« Mit diesen Worten überreichte Cora Borelli Justus das Handy. Nachdenklich knetete dieser seine Unterlippe. »Ich werde die Botschaft noch einmal abspielen. Womöglich gibt es Informationen, die wir übersehen haben.« Gebannt hörten sich die drei Detektive die rätselhafte Botschaft erneut an. Peter verzog sein Gesicht. »Das klingt echt gruselig. Warum nennt sich derjenige das Unsichtbare Phantom?« Bob zuckte mit den Schultern. »Das wird wohl ein Geheimnis bleiben. Aber vielleicht will der Erpresser damit auch nur Verwirrung stiften. Und ob es sich tatsächlich um einen Erpresser handelt, muss sich auch erst einmal herausstellen. Bisher gibt es ja keine Forderungen.«

Justus spielte die Botschaft nochmals ab und schloss dabei konzentriert seine Augen. »Kollegen, hört einmal genauer hin. Im Hintergrund sind doch da sonderbare Geräusche, oder?« Auch Peter rückte nun näher an das Handy. »Stimmt, Just. Und wenn mich nicht alles täuscht, dann weiß ich auch, was das ist: Das klingt nach Kirchenglocken.«

Bobs Augen leuchteten auf. »Genau. Und das sind nicht irgendwelche, das sind die Glocken unsere Kirche aus Rocky Beach. Ja, ich bin mir ganz sicher.« Cora Borelli sah die drei überrascht an. »Ich bin beeindruckt, darauf habe ich überhaupt nicht geachtet. Ihr scheint wirklich gute Detektive zu sein. Aber was bedeutet das?« Justus gab ihr das Handy zurück. »Das bedeutet, dass unser *Unsichtbares Phantom* die Botschaft in der Nähe der Kirche aufgenommen hat. Und ich habe die Glockenschläge mitgezählt. Es waren genau sechs Stück.« Bob zog seinen kleinen Notizblock aus der Tasche, den er immer bei sich trug. »Sehr gut, ich notiere alles. Dann muss es sechs Uhr am Abend oder sechs Uhr am Morgen gewesen sein. Die Kirchenglocke schlägt immer zur vollen Stunde.«

»Aber wie hilft uns das weiter?«, fragte die Besitzerin des Skydomes. »Was nützt uns diese Information?«

»Jede Information ist wichtig, Mrs Borelli«, sagte Justus. »Sie legt uns die Spur zu einer möglichen weiteren Information. Jeder Fall ist wie ein Puzzle, bei dem man die Steine erst noch suchen muss. Und eins ist jetzt sicher: Dies ist ein Fall.«

Puzzlesteine

Cora Borelli setzte wieder ihren Helm auf und ging zum Motorrad. »Jungs, ich hoffe, dass ihr bei dieser Geschichte Licht ins Dunkel bringen könnt. Ich muss jetzt leider zu meinem Skydome, denn gleich kommen die ersten Besucher. Ich kann nur beten, dass der Tag keine bösen Überraschungen bringt. Bitte sagt mir sofort Bescheid, wenn es neue Informationen gibt. Und passt auf euch auf. Zum Glück habt ihr so einen guten Draht zur Polizei.«

Kurz darauf heulte der Motor auf und Cora Borelli fuhr mit hoher Geschwindigkeit durchs Eingangstor des Wertstoffhandels. Bob steckte seinen Notizblock wieder ein. »Ich denke, wir sollten uns bei der Kirche einmal umsehen. Wenn wir Pech haben, dann ist es leider eine Spur ins Nichts.«

»Aber es ist unsere einzige Spur«, erwiderte Peter. »Los, zu den Rädern!«

Als Justus vom Stuhl aufstand, bemerkte er, dass er noch immer seinen Schlafanzug trug. »Oh nein, wie peinlich. Ich habe das total vergessen. Ihr hättet auch ruhig ein Wort sagen können.«

Bob grinste ihn an. »Ach was. Das hätte die Sache nur schlimmer gemacht. Cora Borelli war so aufgeregt, die hat das mit dem Schlafanzug gar nicht mitbekommen.« Eilig zog Justus sich um und schloss anschließend die Haustür ab. Dann machten sich die drei Freunde auf den Weg.

Auf dem Marktplatz von Rocky Beach hatte sich vor dem Skydome schon wieder eine lange Schlange gebildet, und die ersten Besucher hoben im Windkanal ab. Doch Justus, Peter und Bob fuhren nicht auf den Platz, sondern bogen in eine kleine Seitenstraße ab. Hier lag die Kirche der kleinen Stadt am Pazifischen Ozean. Peter blickte zur Kirchturmuhr. »Es ist kurz vor zehn und die Glocke wird gleich bimmeln. Jetzt stellt sich die Frage, wie weit das Unsichtbare Phantom von der Kirche weg stand.« Bob versuchte sich an die Aufnahme zu erinnern. »Besonders laut war die Glocke nicht. Außerdem hörte sie sich etwas gedämpft an. Womöglich befand sich unser Unbekannter in einer Wohnung hier ganz in der Nähe. Das wäre dann wie eine Suche nach einer Nadel im Heuhaufen.« Justus erinnerte sich an ein weiteres Detail der Aufnahme. »Ich glaube, wir können den Heuhaufen eingrenzen. Ich meine nämlich, dass die Glockenschläge am Ende lauter wurden. Und das würde bedeuten, dass sich das Unsichtbare Phantom während der Aufnahme der Kirche genähert hat.« Peter führte den Gedanken fort. »Ja, ich erinnere mich jetzt auch. Und da die Glockenschläge sich sehr dumpf anhörten, gibt es eigentlich nur eine Schlussfolgerung: Der Unbekannte muss dabei mit einem Auto in Richtung Kirche gefahren sein. Leider macht das die Suche nach dem nächsten Puzzlestein nicht gerade einfacher.«

»Aber wir können nur etwas finden, wenn wir suchen«, entgegnete Justus. »Los, wir stellen die Räder ab und gehen einmal um die Kirche herum.«

Die Kirche von Rocky Beach war nicht besonders groß. Mehrere schmale Gassen und Wege führten um das alte Gebäude. Auf der Rückseite befand sich ein kleiner Garten, der an einem Parkplatz endete. Dieser bot nur wenigen Autos Platz, doch den

drei Detektiven fiel sofort eins der Fahrzeuge ins Auge. »Guckt euch das an«, sagte Bob. »Da steht ein uraltes Wohnmobil. Dem Kennzeichen nach kommt es nicht hier aus der Gegend.« Peter entdeckte noch mehr. »Die vielen Aufkleber am Heck finde ich auch sehr seltsam. Es sind alles Aufkleber von Orten aus Amerika.«

»Aber was ist an solchen Aufklebern seltsam?«, fragte Justus verwundert nach.

»Weil man mit so einem Wohnmobil eigentlich coole Strände und Urlaubsorte besucht. Das hier sind aber alles langweilige Städtenamen.«

»Hey, du hast recht! Das ist mir noch gar nicht aufgefallen.« Peter musste grinsen. »Da bin ich froh, dass ich unserem Meisterdetektiv auf die Sprünge helfen konnte. Wir sollten uns das Wohnmobil einmal genauer ansehen.«

Vorsichtig näherten sich die drei ??? dem verdächtigen Wagen. Das Wohnmobil war wirklich sehr alt und hatte überall Beulen und Roststellen. Der Blick durch die hinteren Fenster war mit Gardinen versperrt. Doch Bob gelang ein Blick durch eines der vorderen Seitenfenster. Neugierig stellte er sich auf die Zehenspitzen. »Der Besitzer scheint in dem Ding zu wohnen. Hier liegt alles voll mit leeren Getränkedosen und Pizzakartons. Ich möchte nicht wissen, wie das da drin riecht.«

Peter stellte sich daneben und machte noch eine Entdeckung. »So wie das aussieht, wohnt hier nicht nur eine Person. Am Armaturenbrett klebt ein kleines Foto mit einem Pärchen.

Darüber hängt eine rote Plastikrose.« Justus drängte sich jetzt zwischen die beiden und warf einen Blick auf das Foto. »Kollegen, wisst ihr, wer die sind? Der eine ist Mike, der technische Leiter vom Skydome. Und die mit den roten Haaren ist die Frau aus dem Kassenhäuschen. Die Aufnahme muss schon etwas älter sein. Ich glaube, wir haben den nächsten Puzzlestein gefunden.«

»Und wie geht's jetzt weiter?«, fragte Peter.

»Wir sollten mehr über die beiden herausfinden. Was wissen die? Wer sind sie eigentlich? Und was haben sie mit der Sache zu tun? Ich schlage vor, wir gehen zum Markt und beobachten die beiden eine Weile.«

Mittagspause

Justus' Vorschlag wurde angenommen und wenig später trafen die drei ??? auf dem Marktplatz ein. Es war immer noch viel los vor dem Skydome und die Schlange davor war genauso lang wie am Morgen. Die Sonne stand mittlerweile fast senkrecht am Himmel, und über dem Kopfsteinpflaster auf dem Marktplatz flimmerte die Hitze. Vor dem Kassenhäuschen hatte sich die rothaarige Frau einen Sonnenschirm aufgestellt und stand draußen. Bob ging zum Brunnen und schüttete sich eine Handvoll Wasser ins Gesicht. »Heute brechen wir wieder einmal einen Hitzerekord. Die Frau mit den Tickets hält es wahrscheinlich in ihrer Bude auch nicht mehr aus.« Justus sah sich um. »Das hier ist kein guter Platz, um alles zu beobachten. Wir saßen gestern schon viel zu lange hier und jemand könnte Verdacht schöpfen. Gehen wir zu Giovanni.«

Der Eisverkäufer war hocherfreut, als er die drei begrüßte. »Ah, meine besten Kunden. Was darf de liebe Giovanni euch in de Waffel drücken? Wie immer fünf Kugel Zitrone mit de Sahne, Bananensplit und Rocky Beach Spezial?«

Justus setzte sich und legte einige Münzen auf den Tisch. »Dafür reicht es leider nicht mehr. Das ist der Rest von unserem Taschengeld. Wir nehmen eine große Rhabarberschorle.« Peter nickte durstig. »Ja, mit viel Eis und drei langen Papierstrohhalmen. Am besten in Weiß, Rot und Blau.«

»Immer dieses Weiß, Rot, Blau«, wunderte sich Giovanni. »Sind das die Vereinsfarben eures Fußballvereins?« Bob grinste ihn an. »Ja, so ähnlich.« Kurz darauf saßen sie an einem kleinen runden Tisch und schoben sich jeder einen langen Strohhalm in den Mund. Aus den Augenwinkeln heraus beobachteten sie alles auf dem Platz, was vor sich ging. Doch die nächste Stunde geschah nichts Un-

gewöhnliches. Schließlich räumte Giovanni das leere Glas ab. »Ich kann nix durstige Bambini sehen, die kein Taschengeld mehr haben. Mamma mia. Ich spendiere euch eine Runde Rhabarberschorle.« Bob war tatsächlich vor Durst fast die Zunge am Gaumen festgeklebt. »Danke«, krächzte er mit leiser Stimme.

Als dann auch dieses Glas leer war, läutete die Kirchenglocke zwölfmal. Justus deutete aufgeregt zum Skydome. »Da! Jetzt tut sich was. Anscheinend machen die zur Mittagszeit Pause. Cora Borelli verschwindet in ihrem Wohnmobil und dieser Mike kommt aus seinem Container.« Peter nickte. »Stimmt. Und auch die Rothaarige schließt ihre Bude für die Tickets ab. Achtung, jetzt kommen beide auf uns zu. Ich wette, die wollen auch zu Giovanni.« Genauso war es und die zwei setzten sich an den letzten freien Tisch. Zwischen ihnen und den drei Freunden standen Palmentöpfe. Giovanni begrüßte die beiden wie alle seine Gäste. »Buongiorno! Was darfe de liebe Giovanni Ihnen in die Waffel drücken?« Die Rothaarige setzte sich eine dunkle Sonnenbrille auf. »Für mich bitte einen Espresso und ein großes Glas Wasser. Aber nicht aus der Wasserleitung.« Mike, der technische Leiter, setzte sich ebenso eine Sonnenbrille auf. »Für mich dasselbe – nur umgekehrt.«

Doch er und die Frau waren die Einzigen, die über den Witz lachen konnten. »Wie lustig«, sagte Giovanni trocken und drehte sich um. Die drei Freunde hingegen, versuchten so unauffällig zu wirken wie möglich. Dabei blätterten sie gelangweilt in der Eiskarte. In Wirklichkeit waren sie hellwach und konzentriert. Als Giovanni die Getränke brachte, leerte die Frau das Wasserglas in einem Zug. »Ich war kurz vorm Verdursten«, stöhnte sie. »Und Cora hält es nicht mal für nötig, uns bei der Hitze Wasserflaschen zu spendieren. Die wird immer geiziger.« Der Mann tat es ihr nach und wischte sich mit einer Serviette den Schweiß von der Stirn. »Wem sagst du das, Jasmin. Hast du eine Ahnung,

wie heiß es in dem Blechcontainer wird? Seit einer Ewigkeit verspricht mir Cora, dort eine Klimaanlage einzubauen. Allein schon dafür, dass die Computer nicht zu warm werden. Und dann spart sie auch noch an der Schutzkleidung für die Gäste. Kein Helm, keine Handschuhe und keine sicheren Overalls. Aber die feine Dame hat sich ja lieber ein Motorrad zugelegt. Geiz ist ihr zweiter Vorname.«

»Mir reicht es schon lange, Mike. Cora schaufelt das Geld ein und wir machen die Arbeit. Die anderen im Team sehen das genauso. Doch bald ist Schluss damit. Gut, dass wir die Sache jetzt selbst in die Hand nehmen. Schluss mit der miesen Bezahlung, Schluss mit dem Herumreisen und Schluss mit diesem lausigen Wohnmobil. Das ist so alt und hässlich, dass Cora uns nicht mal gestattet, neben dem Skydome zu parken. Sie sagt, das sei geschäftsschädigend. Verstecken müssen wir uns hinter der Kirche wie Hunde. Doch die Zeiten sind bald vorbei. Ich hoffe, es klappt auch alles so, wie wir es geplant haben.«

»Jasmin, mach dir keine Sorgen. Die Sache läuft. Schon bald ändert sich für uns alles. Dann ist Schluss mit dem Skydome. Das alte Ding fällt sowieso bald zusammen. Mich wundert, dass noch Besucher kommen und dass Cora überhaupt Genehmigungen für die Anlage bekommt. Aber für einen modernen Windkanal reicht es bei ihr ja nicht. Da kann sie sparen, wie sie will.«

»Ja, und es ist nur eine Frage der Zeit, wann wieder etwas passiert. Allein gestern das Chaos beim Testflug. Zum Glück war es nur ein alter Kartoffelsack. Und dann spielte auch noch die Anlage bei den drei Jungs verrückt. Stell dir vor, die wären oben durch die Gitter gekracht.«

»Nicht auszudenken, Jasmin. Und mich hätte man am Ende zur Verantwortung gezogen. Ich hab aber immer noch keine Ahnung, was da passiert ist. Der Computer muss gesponnen haben. Kein Wunder bei der Hitze. Aber das ist ja jetzt alles zum Glück bald vorbei. Heute stellen wir unsere Forderungen und können in Zukunft leben, wie wir es wollen.«

Anschließend winkte er Giovanni zu sich. »Bedienung! Bezahlen bitte! Jetzt geht unser sauer verdientes Geld auch noch für Wasser drauf.«

Als die beiden wieder verschwanden, steckten die drei ??? sofort ihre Köpfe zusammen. »Habt ihr das alles mitbekommen?«, flüsterte Bob. Peter nickte. »Ja, Wort für Wort. Die haben ja laut genug gesprochen. Für mich ist der Fall klar: Die stecken hinter der ganzen Sache. Hinter der Sabotage und der Geschichte mit dem Unsichtbaren Phantom. Als Nächstes werden die Erpresser garantiert ihre Forderung stellen. Oder, Just?«

»Garantiert. Wir haben den entscheidenden Puzzlestein gefunden. Wir müssen sofort Cora Borelli alles berichten.«

Forderungskatalog

Die drei ??? warteten noch eine Weile ab, dann verließen auch sie Giovannis Eiscafé. Ihr Ziel war das silberfarbene Wohnmobil der Besitzerin des Skydomes. Direkt daneben stand ihr Motorrad.

Justus klopfte vorsichtig an die Seitentür. »Mrs Borelli? Sind Sie da drin? Wir haben Ihnen etwas Wichtiges zu erzählen.« Es dauerte nicht lange und von innen wurde die Tür hektisch aufgerissen. »Gut, dass ihr da seid«, rief Cora Borelli und sah sich nervös um. »Ich habe euch auch etwas Neues zu berichten. Schnell, kommt rein!« Hintereinander betraten Justus, Peter und Bob das Wohnmobil.

Von innen wirkte es noch viel größer als von außen. Der offene Wohnraum teilte sich auf in Schlaf- und Wohnbereiche. Der vordere Teil erin-

nerte an ein Büro. Die blonde Frau nahm einen Schluck Wasser und setzte sich an ihren Schreibtisch. »Bitte nehmt auf der Bank Platz. Ihr werdet es kaum glauben.«

Dann zog sie aus der Schreibtischschublade einen zusammengerollten Zettel. »Das hier kam bei mir vor ein paar Minuten reingeflogen.«

»Reingeflogen?«, wiederholte Peter verwirrt.

»Ja, ich lag drüben auf dem Sofa und hatte gerade einen kleinen Mittagsschlaf gemacht. Plötzlich surrte es und eine Drohne flog durch das offene Fenster. An einem Greifer hing dieser Zettel. Die Drohne ließ den Zettel auf meinem Schreibtisch fallen und verschwand so schnell, wie sie gekommen war.«

»Und was steht auf dem Zettel?«, fragte Bob ungläubig.

»Hier, lest selbst. Es ist eindeutig ein Erpresserschreiben.« Bob nahm den Zettel und las laut vor. *»Es ist an der Zeit, Ihnen meine Forderungen zu übermitteln. Wenn Sie vermeiden wollen, dass weitere gefährliche Störungen beim Skydome auftreten, dann zahlen Sie 200.000 Dollar. Packen Sie große Scheine in einen kleinen Umschlag. Genau heute um Mitternacht legen Sie dieses Paket auf den Kopf der Statue am Marktplatz. Dann ist für Sie der Spuk vorbei. Aber kommen Sie allein. Sollten Sie die Polizei einschalten, dann geht alles wieder von vorn los. Ich verstehe keinen Spaß und meine es todernst. Gezeichnet: Das Unsichtbare Phantom.«*

Fassungslos blickten die drei ??? auf das Erpresserschreiben. Justus fand zuerst die Worte wieder. »Das ist wirklich eine unglaubliche Geschichte. Aber wir haben auch einiges zu berichten.« Dann erzählte er, was sie in Giovannis Eiscafé erlebt hatten. Fast Wort für Wort gab er das belauschte Gespräch wieder und ließ kein Detail aus. »Ich denke, damit ist klar, wer hinter der Erpressung steckt, Mrs Borelli.« Die blonde Frau sackte in sich zusammen.

»Das ist der schrecklichste Tag meines Lebens. Wie kann man sich nur bei zwei Menschen so täuschen? Ich arbeite mit Mike und Jasmin schon so lange zusammen. Und jetzt das. Die beiden haben mein Vertrauen schamlos ausgenutzt.« Bob gab ihr das Erpresser-

schreiben wieder zurück. »Und was werden Sie jetzt unternehmen? Ich denke, Sie sollten sofort zur Polizei gehen.« Doch die Besitzerin des Skydomes schüttelte energisch den Kopf. »Nein, auf gar keinen Fall. Ihr habt doch gelesen, was dort steht: Keine Polizei! Mit Erpressern ist nicht zu spaßen. Man weiß nie, wozu die noch fähig sind. Nein, ich werde den Anweisungen Folge leisten und das Geld wie gefordert zahlen. Wenn sich dann alles beruhigt hat, kann die Polizei sich immer noch um die beiden kümmern. Aber dann werden sie weit weg sein und können keinen Schaden mehr anrichten. Sie werden mit den 200.000 Dollar natürlich sofort das Weite suchen.«

»Haben Sie denn so viel Geld?«, fragte Justus verwundert. Wieder schüttelte die Frau den Kopf. »Nein, aber ich habe genau für solche Katastrophen Vorbereitungen getroffen. Zum Glück gibt es nämlich Versicherungen, die auf Erpressungen spezialisiert sind. Genau so eine Versicherung habe ich vor einigen Wochen abgeschlossen. Die kostet zwar jeden Monat sehr viel Geld, aber jetzt zeigt sich, dass dies eine gute Entscheidung war.« Justus fragte weiter. »Und was wird die Versicherung unternehmen?«

»Bevor ihr kamt, habe ich sofort dort angerufen. Die kümmern sich um alles und auch um das geforderte Lösegeld. Man versprach mir, dass mich heute ein Mitarbeiter der Versicherung aufsuchen wird. Natürlich werden die später alles anstellen, um von den Erpressern das Geld zurückzuholen. Aber das ist dann nicht mehr mein Problem. Ich bin froh, dass ihr gekommen seid, doch bitte mischt euch nicht weiter in die Sache ein. Das müsst ihr mir hoch und heilig versprechen. Denn wenn der Erpresser doch noch einmal zuschlägt, bin ich ruiniert. Solche Vorfälle verbreiten sich wie ein Lauffeuer, und niemand geht mit Angst in den Skydome. Ihr müsst mir euer Wort geben.«

Justus reichte ihr die Hand. »Na schön. Wie Sie wünschen. Wir versprechen Ihnen, uns nicht einzumischen. Aber falls Sie Ihre Meinung ändern, wissen Sie ja, wo Sie uns finden. Und wir haben den direkten Draht zu Kommissar Reynolds. Aber es ist Ihre Entscheidung.«

»Ich danke euch, Jungs. Ja, ich will auf Nummer sicher gehen. Und außerdem ist dieser Fall viel zu gefährlich für euch. Ich werde jetzt wieder an meine Arbeit gehen und mir nichts anmerken lassen. Mike und Jasmin sollen keinen Verdacht schöpfen. Ich bin froh, wenn ich die bald nie mehr sehen muss.«

Gut versichert

Etwas verwirrt verließen die drei Detektive den Wohnwagen und wurden vom grellen Licht geblendet. Eilig schloss Cora Borelli hinter ihnen die Tür. Vor dem Skydome hatte sich erneut eine lange Schlange gebildet. Alle warteten darauf, dass die Mittagspause vorbei war. Peter tippte sich an die Stirn. »Die muss verrückt sein, wenn sie mit der Geschichte nicht zur Polizei geht. Auf der anderen Seite ist das ihre Sache. Wir sollten nichts weiter unternehmen.« Bob sah das ähnlich. »Außerdem haben wir es ihr versprochen. Ist doch so, oder, Just?«

»Ja, wir halten uns an das, was wir gesagt haben: Wir werden uns nicht einmischen. Aber dass wir nicht die Augen offenhalten, habe ich nicht versprochen. Dieser Fall ist längst nicht abgeschlossen.«

In diesem Moment kam Cora Borelli aus ihrem Wohnmobil. Sie trug wieder den weißen Anzug und setzte ein strahlendes Lächeln auf. Die wartende Menge applaudierte begeistert. Wenig später startete schon der erste Flug. Es war kein Geringerer als Giovanni. »Das gibt's doch gar nicht«, wunderte sich Peter. »Das hätte ich Giovanni niemals zugetraut. Aber warum nicht. Im Windkanal kann jeder fliegen.« Freudestrahlend winkte der Besitzer des Eiscafés der Menge zu und verschwand dann mit Cora Borelli in der Luftschleuse. Einen kurzen Augenblick später sah man, wie er in der Röhre schwebte. Zusammen mit der Trainerin flog Giovanni kleine Kreise und landete zwei Minuten später auf dem unteren Schutzgitter. Als er wieder draußen auf dem Podest stand, war Giovanni grün im Gesicht.

»Mamma mia! Ich dachte, mir fliegen die Locken auf de Kopfe weg. Mir ist sooo übel.« Auch Mike sah man hinter der Glasscheibe in seinem Container. Er schien wie gewohnt konzentriert zu arbeiten. Die rothaarige Jasmin verkaufte die Tickets und schien bester Laune zu sein. Bob beobachtete die beiden. »Die lassen sich einfach nichts anmerken und bleiben völlig cool. Anscheinend sind sie sich mit ihrer Erpressungsgeschichte sehr sicher.« Justus ließ Mike und Jasmin ebenso nicht aus den Augen. »Man kann es kaum glauben, dass die dahinterstecken. Auf der anderen Seite haben wir keinerlei Beweise. Nach dem belauschten Gespräch bei Giovanni vermuten wir ja lediglich, dass sie die Erpresser sind. Hundert Prozent sicher können wir uns aber nicht sein.«

Plötzlich stand ein kleiner Mann hinter ihnen. Er trug trotz der Hitze einen schwarzen Anzug. Unter seinem rechten Arm hatte er einen schwarzen Lederkoffer geklemmt. »Entschuldigt bitte«, sprach er sie mit leiser und heller Stimme an. »Könnt ihr mir sagen, wo ich die Besitzerin dieser Anlage finde?

Eine gewisse Cora Borelli.« Justus drehte sich zu ihm und nutzte seine Chance. »Ich wette, Sie sind von der Versicherung, oder?« Der kleine Mann war so überrumpelt, dass er spontan nickte. »Ja, aber wieso wisst ihr, dass ...« Justus deutete auf den Skydome. »Die Trainerin in dem weißen Anzug ist Cora Borelli.« Dann sprach auch er leise. »Wir sind übrigens eingeweiht und wissen von der Geschichte mit der Erpressung. Wir hatten zuvor den Fall übernommen.« Der Mann sah Justus mit großen Augen an. »Ich verstehe nicht so recht. Ich arbeite tatsächlich für eine Versicherung, aber mehr kann ich euch in dieser Angelegenheit nicht erzählen. Mein Name ist übrigens Randolf Katzinger.« Justus griff in seine Hosentasche und überreichte ihm eine der Visitenkarten. »Und hier stehen unseren Namen drauf, Mr Katzinger.«

»Die drei Detektive? Wir übernehmen jeden Fall … Ich muss sagen, ich bin wirklich erstaunt.«

Anscheinend hatte auch Cora Borelli den Mann im schwarzen Anzug entdeckt und kam jetzt auf die Gruppe zu. »Sie müssen Mr Katzinger von der Versicherung sein, oder?« Der kleine Mann nickte nervös. »Ja, aber eigentlich arbeitet unsere Versicherung in diesen Fällen immer sehr diskret, müssen Sie wissen. In Ihrer Angelegenheit weiß anscheinend die halbe Stadt von der Erpressung.«

Die Besitzerin des Skydomes schüttelte den Kopf. »Nein, ich habe nur die drei eingeweiht. Sie können ihnen vertrauen. Bitte folgen Sie mir in mein Wohnmobil. Und ihr drei kommt am besten mit, denn ihr seid ja Zeugen der gemeinen Erpressung.«

Im Wohnmobil zog Cora Borelli schnell alle Vorhänge zu. »Es muss ja nicht jeder mitbekommen, was wir zu besprechen haben, Mr Katzinger. Hier haben die Wände Augen und Ohren.«

Als alle um den Schreibtisch der blonden Frau saßen, zog diese das Erpresserschreiben aus der

Schublade. »Das hier wurde mir über eine Drohne zugestellt. Zuvor hatte sich der Erpresser mit verstellter Stimme auf meinem Handy gemeldet.«

Der Mann von der Versicherung nahm mit leicht zittrigen Fingern den Zettel in die Hand. »Es ist für mich der erste Fall dieser Art, müssen Sie wissen«, sagte er und seine Stimme wurde immer leiser. »Zuvor habe ich mich bei der Versicherung um Schäden an Autos gekümmert.« Dann las er aufmerksam das Erpresserschreiben durch. »Das ist wirklich eine schreckliche Geschichte, Mrs Borelli. Selbstverständlich werden wir uns darum kümmern.«

Cora Borelli nahm den Zettel wieder an sich. »Im Versicherungsvertrag steht, dass Sie alle geforderten Summen übernehmen. Sehe ich das richtig?«

»Genauso ist es, Mrs Borelli. Wir wollen, dass unseren Kunden so schnell wie möglich der Schrecken genommen wird. Denn in der Regel lassen die Erpresser ihre Opfer in Ruhe, wenn ihre Forderungen erfüllt werden. So hoffen wir es zumindest. Die geforderten 200.000 Dollar habe ich selbstverständlich dabei.« Mit diesen Worten öffnete er seinen Lederkoffer und zog ein dickes, schwarzes Kuvert heraus. Bob war überrascht. »In dem Umschlag ist das Geld? Ich hätte gedacht, dass 200.000 Dollar mehr sind.« Der Mann von der Versicherung schüttelte den Kopf. »Nein, das Päckchen wiegt nicht einmal zwei Kilo. Es sind natürlich alles Einhundert-Dollar-Noten. Scheine mit höherem Wert gibt es ja nicht.« Auch Cora Borelli zeigte sich erstaunt. »Dieses Geld stellt mir die Versicherung jetzt zur Verfügung?«

»Nicht ganz, Mrs Borelli. Zunächst müssen Sie mir diese Empfangsbestätigung unterschreiben.«

»Das mache ich natürlich gern«, sagte die blonde Frau erleichtert. »Ich hätte nicht gedacht, dass Ihre Versicherung so unkompliziert handelt.«

»Ja, wir wollen, dass unsere Kunden glücklich sind. Und falls Sie noch eine neue Versicherung für Ihr Auto benötigen, leite ich das gern weiter.«

Anschließend verabschiedete sich der Mann und Cora Borelli packte das Kuvert in ihre Schublade.

»Ich bin froh, wenn ich alles hinter mir habe. Jetzt brauche ich nur noch um Punkt Mitternacht das Geld wie gefordert an dem Ort zu hinterlegen. Was für eine schreckliche Geschichte. Wie konnte ich Mike und Jasmin nur vertrauen. Aber das ist ja nun bald vorbei. Die werden mit dem Geld verschwinden und ich muss sie nie wieder sehen.«

Justus hingegen knetete nachdenklich seine Unterlippe. »Ehrlich gesagt wäre es für mich ein Wunder, wenn die Geschichte so einfach zu Ende geht.«

Die Zeit läuft

Als die drei ??? den Wohnwagen verließen, sahen sie, wie Mr Katzinger in ein kleines, graues Auto stieg. Mit langsamem Tempo fuhr er davon.

Peter atmete tief durch. »Die Sache ist wirklich verrückt. Aber wie meintest du das eben mit deinem letzten Satz, Just? Es ist doch gut möglich, dass nach der Geldübergabe der Erpresser die Borelli in Ruhe lässt.«

»Das glaube ich eher nicht, Peter. Einem Erpresser würde ich niemals trauen. Wenn er merkt, dass sein Plan aufgeht, wird er es ziemlich sicher noch einmal probieren.« Bob warf einen Blick auf die Bronzefigur von Fred Fireman. »Warum hat sich der Erpresser gerade diesen Ort für die Geldübergabe ausgesucht? Wenn er es tatsächlich abholt, kann er von überall gesehen werden. So dumm kann man doch nicht sein?«

»Ja, sehr sonderbar«, stimmte ihm Justus zu. »Mein Bauchgefühl sagt mir, dass wir eine Überraschung erleben werden. Und es ist auch längst noch nicht klar, dass dieser Mike und seine Jasmin dahinterstecken. Bisher gibt es keinerlei Beweise, sondern nur Vermutungen. Erst wenn wir den Täter auf frischer Tat ertappen, ist er überführt.«

Peter sah seinen Freund mit großen Augen an. »Wie, du willst um Mitternacht bei der Geldübergabe dabei sein, Just?«

»Klar! Wie gesagt, wir beobachten nur, aber mischen uns nicht ein. Genau das haben wir Cora Borelli versprochen. Mein Plan: Wir treffen uns spät am Abend in der Kaffeekanne. Am besten benutzen wir wieder unseren Alibi-Kreisel. Ich sage, ich übernachte bei Bob. Bob sagt, er schläft bei Peter. Peter behauptet, er schläft bei mir. Wir kommen um diese kleine Notlüge nicht herum, denn mit der Wahrheit können wir zu Hause nicht antreten. Okay?«

»Okay«, antworteten Peter und Bob im Chor.

Dann trennten sich die drei Freunde und jeder fuhr zu sich nach Hause.

Als Justus auf dem Schrottplatz eintraf, waren Tante Mathilda und Onkel Titus immer noch nicht zurück von ihrer Flohmarkt-Tour. Jetzt war er froh über den großen Teller Spaghetti im Kühlschrank. Schnell wärmte er diesen auf und setzte sich zufrieden auf die Veranda. Bald würde die Sonne untergehen. Doch der Tag, der so aufregend begonnen hatte, war noch längst nicht vorbei. So vergingen die Stunden und Justus ließ die Ereignisse noch einmal in seinem Kopf vorüberziehen. Der Auftritt der Fallschirmspringerin, der Flug im Skydome und die Störfälle. Er dachte an das belauschte Gespräch, an das Erpresserschreiben und den kleinen Mann von der Versicherung. Als er nach Stunden immer noch allein war, schrieb er Tante Mathilda und Onkel Titus einen kleinen Zettel. Dann machte er sich auf den Weg zur Kaffeekanne.

Das Geheimversteck der drei ??? befand sich etwas außerhalb von Rocky Beach an der stillgelegten Bahnstrecke. Eigentlich war es ein ausrangierter Wassertank für die alten Dampflokomotiven. Die Freunde hatten diesen ausgebaut zu einer echten Detektivzentrale. Mit dem seitlich angebrachten Wasserrohr ähnelte das Geheimversteck einer Kaffeekanne. Es war bereits dunkel und nacheinander trafen Peter und Bob ein. Kurz darauf saßen sie alle um eine Apfelsinenkiste herum, die ihnen als Tisch diente. Justus übernahm das Wort. »Okay, die Sitzung der drei ??? ist eröffnet und die Operation *Unsichtbares Phantom* kann beginnen. Kurz nach Mitternacht werden wir wissen, wer der Erpresser ist. Wir müssen aber auf alles vorbereitet sein.« Peter schnappte sich einen Rucksack aus dem selbst gebauten Regal. »Dann brauchen wir auf jeden Fall unsere Standardausrüstung: Taschenlampen, Fernglas und alles für die Spurensicherung.« Bob packte noch ihre kleine Kamera dazu. »Die darf natürlich nicht fehlen. Was ist aber, wenn der Erpresser kalte Füße bekommt und nicht auftaucht?«

»Der wird auftauchen«, sagte Justus. »200.000 Dollar sind eine Menge Geld. Das lässt niemand so einfach liegen. Uns bleibt nicht mehr viel Zeit bis Mitternacht. Los, wir müssen aufbrechen.«

Die Nacht war sternenklar und der Vollmond tauchte alles in ein silberfarbenes Licht. Noch immer war es sehr warm.

Hintereinander fuhren sie die lange Küstenstraße in Richtung Rocky Beach. Aus der Ferne hörte man das Meeresrauschen des nahen Pazifiks. Als sie schließlich am Marktplatz eintrafen, warf Justus einen Blick auf die Kirchturmuhr. »Wir haben noch eine halbe Stunde bis Mitternacht. Das ist genü-

gend Zeit, um eine Falle für die Erpresser aufzubauen. Nach wie vor sind unsere Hauptverdächtigen Mike und Jasmin.«

»Was hast du vor, Just?«, fragte Bob verwundert.

»Das werde ich euch gleich zeigen. Los, kommt mit zum Wohnmobil von den beiden bei der Kirche. Dann erkläre ich euch alles.«

Standarddetektivtrick

Auf dem Parkplatz hinter der Kirche stand noch immer das alte Wohnmobil. Im Inneren brannte kein Licht und vorsichtig schlichen sich die drei Detektive an das Fahrzeug heran. Plötzlich stoppte Peter und hielt sich den Zeigefinger an die Lippen. »Wir müssen leise sein«, flüsterte er. »Auf jeden Fall höre ich dadrin jemanden schnarchen. Wenn mich nicht alles täuscht, dann sind es sogar zwei Personen.«

»Zwei Personen?«, wunderte sich Bob. »Dann bedeutet das ja, dass auch diese Jasmin schnarcht.« Justus zuckte mit den Schultern. »Warum nicht? Tante Mathilda schnarcht auch. Und zwar viel lauter als Onkel Titus. Ich erzähle euch jetzt, was ich vorhabe: Wenn Mike und Jasmin tatsächlich die Erpresser sind, dann werden sie irgendwann das

Wohnmobil verlassen, um sich das Geld zu schnappen. Als Beweis werden wir jetzt alle Fenster und Türen versiegeln. Wenn diese Siegel später aufgebrochen sind, dann wissen wir ziemlich sicher, dass die beiden dahinterstecken.«

Bob hob den Daumen. »Der Plan ist super, Just. Aber an was für ein Siegel denkst du?«

»An unseren Standarddetektivtrick. Wir werden über die Rahmen der Türen und Fenster ein Haar legen und es mit Spucke befestigen. Ist auch nur eins später verschwunden, dann ist klar, dass sich jemand aus dem Wohnmobil entfernt hat. Alles, was wir jetzt brauchen, sind ein paar Haare von uns.«

Für eine Weile sahen sich die Freunde gegenseitig an. Niemand wollte der Erste sein, der sich ein oder mehrere Haare ausriss. Plötzlich griff Bob in den Rucksack. »Alles klar«, grinste er. »Dann muss eben unser Schicksalswürfel schnell entscheiden.«

Schon oft hatten die drei ??? den kleinen Würfel eingesetzt. Dieser hatte keine Zahlen, sondern je zwei weiße, rote und blaue Flächen. Bob ließ den

Würfel kurzerhand über den Boden rollen, dann war die Entscheidung klar.

»Oh, nee«, stöhnte Peter. »Blau – und ich bin dran. Wie viele Haare brauchen wir denn?« Justus zählte durch. »Drei für die Türen und drei für die großen Fenster. Tut mir echt leid, aber der Würfel hat entschieden.«

»Ja, schon gut. Haare wachsen zum Glück nach. Au, au, au, au, au, au ... fertig. Wir können jetzt das Wohnmobil versiegeln.« Leise schlichen nun die Freunde zum Fahrzeug und befestigten mit etwas Spucke vorsichtig die Haare zwischen den Tür- und Fensterspalten. Justus blickte hinauf zum Kirchturm. »Noch zehn Minuten bis Mitternacht. Schnell, wir müssen jetzt zum Marktplatz!«

Die kleine Stadt war um die Zeit menschenleer. Nur aus der nahe gelegenen Norris' Bar drangen noch einige Stimmen. In der engen Gasse zum Markt flüchtete eine schwarze Katze und versteckte sich unter einem parkenden Wagen. Schließlich blieb Justus an einer Hausecke stehen. »Stopp! Von hier aus können wir alles überblicken. Den Skydome, das Wohnmobil von der Borelli und den Brunnen mit Fred Fireman. Noch sieben Minuten.«

Der Marktplatz wurde von mehreren Straßenlaternen schwach beleuchtet, und gebannt blickten die drei Freunde auf die Kirchturmuhr. Dann schließlich begann die Glocke zwölf Mal zu schlagen. Gleichzeitig öffnete sich die Tür des silberfarbenen Wohnmobils. Cora Borelli trat hinaus und trug in der Hand das Kuvert. Sie schien sehr nervös zu sein und sah sich zu allen Seiten um. Anschließend lief sie mit schnellen Schritten über den Platz. An einer Bordsteinkante stolperte sie kurz und das Kuvert rutschte ihr aus den Händen.

»Sehr unauffällig macht die das aber nicht«, flüsterte Bob. »Irgendwie scheint sie zu ahnen, dass sie beobachtet wird. Oder will sie das etwa?«

Die blonde Frau stieg jetzt auf den Rand des Brunnens und legte behutsam das Kuvert auf den Kopf von Fred Fireman. Dann verschwand sie so schnell, wie sie gekommen war. Peter nahm das Fernglas aus dem Rucksack und warf einen Blick auf den Brunnen. »Es ist eindeutig das schwarze Kuvert von Randolf Katzinger. Jetzt wird's spannend.«

Lange Zeit geschah nichts und die drei Detektive blickten gebannt über den Platz. Doch nur das leise Plätschern vom Brunnen war zu vernehmen. Die Minuten vergingen. Plötzlich drang ein seltsames Geräusch an ihre Ohren. Es wurde klarer und klang wie eine laute Fliege. Und es kam näher.

»Ich weiß, was das ist«, flüsterte Bob. »Seht nach oben! Dort fliegt eine Drohne.« Jetzt entdeckten auch Justus und Peter das kleine Flugobjekt. Gezielt näherte sich die Drohne dem Brunnen und schwebte schließlich über dem Kopf der Bronzestatue. Dann geschah etwas, womit die drei ??? nie gerechnet hätten: Auf der Unterseite der Drohne klappte plötzlich ein kleiner Greifarm heraus. Gleich mit dem ersten Versuch wurde damit das Kuvert ergriffen. Dann verschwand die Drohne mit dem kleinen Paket in Richtung Kirche. Peter steckte das Fernglas wieder ein. »Los, wir müssen das Ding verfolgen. Gleich wissen wir, wer dahintersteckt.« Im hellen Mondlicht konnte man die fliegende Drohne am Himmel gut erkennen und Justus, Peter und Bob rannten, so schnell sie konnten. Doch kurz vor der Kirche verschwand die Drohne zwischen den Häuserdächern.

Atemlos blieb Justus stehen. »Könnt ihr sie noch sehen?«, keuchte er. Bob schüttelte den Kopf. »Nein, weder sehen noch hören. Aber ich wette, die ist zum Wohnmobil von Mike und Jasmin geflogen. Ich bin mir sicher, dass die von dort aus die Drohne lenken.« Jetzt rannten die drei ??? noch schneller. Doch als sie auf dem Parkplatz eintrafen, war auch hier von der Drohne nichts zu sehen. Vorsichtig näherten sie sich erneut dem Wohnmobil. Plötzlich blieb Peter stehen. »Hört ihr das? Im Wagen schnarchen die beiden immer noch. Lasst uns die Siegel an den Fenstern und Türen überprüfen.« Aufgeregt schlichen sie um das Wohnmobil herum und kontrollierten jedes Haar. Doch keins der Siegel fehlte. Justus holte tief Luft. »Ich glaube, unsere Vermutung hat sich gerade in Luft aufgelöst. Die Spur zu unseren Hauptverdächtigen führte ins Nichts.«

Alte Bekannte

Eine Weile noch verharrten die drei Freunde vor dem Wohnmobil und lauschten in die Nacht hinein. Doch außer dem Schnarchen vernahmen sie keine weiteren Geräusche. »Die Drohne muss irgendwo anders gelandet sein«, flüsterte Bob. »Der Erpresser hat sich das alles perfekt ausgedacht. Damit konnten wir nicht rechnen.« Leicht enttäuscht entfernten sie sich vom Wohnmobil und gingen durch die enge Gasse wieder zurück. Plötzlich hörten sie ein freudiges Lachen und Justus zuckte zusammen. »Das kam von Norris' Bar. Und es gibt nur einen, der so blöd lachen kann: Das ist eindeutig Skinny Norris.«

Neugierig liefen sie bis zur nächsten Ecke und konnten von hier aus zum Hintereingang der Bar blicken. Dort stand tatsächlich Skinny Norris vor einem Müllcontainer. Sie kannten den älteren Jungen gut, denn schon oft war dieser ihnen in die Quere gekommen. Bud Norris war sein Vater und dem gehörte die Bar. Peter stand der Mund offen. »Das glaube ich nicht«, flüsterte er. »Skinny hat die Drohne in der Hand. Steckt er etwa dahinter?«

Der ältere Junge lachte immer noch und hielt jubelnd die Drohne hoch. »Dad!«, rief er jetzt laut in den offenen Hintereingang zur Bar hinein. »Guck dir mal an, was ich im Müll gefunden habe! Eine Drohne. Und die sieht richtig teuer aus.«

Von innen war jetzt eine tiefe Stimme zu hören. »Eine Drohne? So ein Blödsinn, Skinny. Hör auf, Müll zu suchen, und bring den Rest der leeren Flaschen raus. Ich will Feierabend machen.«

»Doch, Dad! Eine richtige Drohne. Und unten dran hängt noch ein Paket. Seltsam.«

Bob musste schlucken. »Das darf doch nicht wahr sein. Skinny hat die Drohne zufällig im Müllcontainer gefunden. Gleich wird er das Geld entdecken.«

Neugierig riss Skinny jetzt das Kuvert auf und wieder war die Stimme seines Vaters zu hören. »Was redest du da? Ein Paket? Was ist damit?«

»Das werde ich gleich sehen, Dad. Moment ... Hä? Was soll das? Da sind nur lauter Papierschnipsel drin. Zeitungspapier in Streifen geschnitten.«

»Was erwartest du im Müll zu finden, Skinny? Komm jetzt endlich wieder rein. Die Gläser müssen noch gespült werden.«

»Ja, ja, Dad. Komm ja schon. Aber die Drohne nehme ich mit. Vielleicht funktioniert die noch.«

Als Skinny Norris in der Bar verschwand, schlug sich Justus gegen den Kopf. »Das darf doch alles nicht wahr sein. Ich glaube, wir haben die ganze Zeit die Falschen verdächtigt. Es gibt nur eine Person auf der Welt, die das echte Geld gegen Papierschnipsel austauschen konnte.«

»Cora Borelli«, flüsterten Peter und Bob im Chor.

»Genauso ist es. Jetzt wird mir das Ganze plötzlich klar. Was ist, wenn sie hinter allem steckt? Den Vorfällen im Skydome? Der mysteriösen Sprachnachricht? Dem Drohbrief? Ist sie etwa selbst das Unsichtbare Phantom?« Bob nickte heftig. »Ja, das kann der Puzzlestein sein, der uns fehlte. Womöglich hat sie das alles inszeniert, nur um an das Geld der Versicherung zu kommen. Die Versicherung, die sie erst wenige Wochen zuvor abgeschlossen hatte. Cora Borelli musste nur alles dafür tun, dass es nach einer echten Erpressung aussieht. Darum der ganze Quatsch mit dem Unsichtbaren Phantom.« Peter fuhr fort: »Und uns hat sie als vermeintliche Zeugen benutzt. Zeugen für eine Erpressung, die es nie gab. Alles war demnach nur ein Schauspiel. Sie wollte garantiert auch, dass sie bei der Geldübergabe beobachtet wird. Sie wusste natürlich, wie neugierig wir sind.«

»Jetzt fügt sich alles zusammen«, flüsterte Justus. »Die Versicherung sollte glauben, dass die Erpresser nun das Geld haben. In Wirklichkeit hat wahrscheinlich Borelli die Drohne gelenkt. Und es stimmt, Peter: Mit uns hatte sie für die Geldübergabe die Zeugen, die sie brauchte. Dann musste sie nur noch die Drohne mit dem vermeintlichen Geld verschwinden lassen. Der Verdacht sollte natürlich auf Mike und Jasmin fallen. Das wollte sie von Anfang an. Pech für sie, dass sie die Drohne ausgerechnet in dem Müllcontainer Norris' Bar versenkt hat.«

Bob musste grinsen. »Und Skinny Norris hat uns zum ersten Mal dabei geholfen, einen Fall zu lösen. Doch wie geht's jetzt weiter, Just?«

»Wir müssen sofort Mike und Jasmin in den Fall einweihen. Die beiden kennen die Borelli am besten. Wir müssen verhindern, dass sie weitere Beweise vernichtet. Und gleich morgen früh gehen wir zu Kommissar Reynolds.«

»Du willst Mike und Jasmin um die Zeit im Wohnmobil wecken?«, fragte Peter erstaunt.

»Ja, wir brauchen jede Hilfe. Los, kommt mit.«

Die Kirchturmuhr schlug jetzt genau ein Mal und der helle Mond verschwand kurz hinter einer Wolke. Aufgeregt klopfte Justus gegen die Tür des alten Wohnmobils. »Hören Sie mich?«, rief er leise. »Ich bin's, Justus Jonas. Peter und Bob sind auch hier. Sie müssen sofort aufwachen. Wir haben Ihnen etwas sehr Wichtiges zu erzählen.« Erst als Justus noch lauter klopfte, öffnete sich die Tür. Mike, der technische Leiter, sah ihn verschlafen an. »Ihr seid es? Was ist passiert? Ist irgendetwas mit dem Skydome?« Auch seine Freundin Jasmin tauchte nun auf. Ihre roten Haare hingen ihr wirr ins Gesicht. »Brennt es da etwa?«

Justus schüttelte den Kopf. »Nein, das nicht. Aber Sie beide werden es nicht glauben, was wir Ihnen jetzt erzählen.«

Verfolgungsfahrt

Es dauerte volle zehn Minuten, bis Justus, Peter und Bob die ganze Geschichte vorgetragen hatten. Immer wieder wurden sie von ungläubigen Fragen der beiden unterbrochen. Am Ende stand Mike der Mund offen. »Das hätte ich Cora niemals zugetraut. Ihr ging es immer nur ums Geld. Und den Verdacht wollte sie auch noch auf uns lenken. Dabei hatte sie selbst die Sicherungen vom Bodennetz gelöst und darum wurde der Dummy zerfetzt. Cora hatte als Besitzerin des Skydomes natürlich immer die Möglichkeit, die Steuerung am Computer zu manipulieren.« Seine Freundin ballte wütend die Faust. »So eine Schweinerei. Aber das passt zu ihr. Darum haben wir uns ja auch bei einem anderen Skydome beworben. Gerade gestern wurde uns mitgeteilt, dass wir dort anfangen können, nachdem wir unsere Gehaltsforderungen gestellt haben. Endlich ist es vorbei mit dieser schrottreifen Anlage.«

Justus erzählte lieber nicht, dass sie in Giovannis Eiscafé die beiden belauscht hatten. Doch jetzt wussten die drei ???, warum sich das Paar gefreut hatte. Ihr Verdacht war somit ein großer Irrtum.

Mike verschwand kurz im Wohnmobil und kam angezogen wieder raus. »Wir müssen sofort handeln, denn ich kann mir gut vorstellen, dass Cora das Geld verstecken will. Nur wenn man es bei ihr findet, kann man ihr alles beweisen. Kommt mit! Wir müssen schnell zu ihrem Wohnmobil.«

Aufgeregt rannten nun alle durch die engen Gassen und kurz darauf erreichten sie den Marktplatz. Als sie sich dem silberfarbenen Wohnmobil näherten, verzog Mike sein Gesicht. »Ich hab's geahnt. Die hat sich mit der Kohle aus dem Staub gemacht. Seht ihr? Das Motorrad ist verschwunden.« Bob sah sich um. »Hat einer von Ihnen eine Idee, wo sie das Geld verstecken könnte?« Jasmin nickte. »Ja, die habe ich. Cora ist andauernd bei dem kleinen Flugplatz ganz in der Nähe. Von hier aus startet sie für ihre Fallschirmsprünge. Sie hat sogar ein eigenes kleines Flugzeug. Aber das ist wie ihr Motorrad natürlich geliehen. Doch ihr Traum vom großen Geld könnte jetzt wahr werden.« Mike fuhr fort: »Ich könnte wetten, dass sie dorthin gefahren ist. Auf dem kleinen Sportflugplatz gibt es tausende Verstecke. Ich werde sofort dahin fahren. Vielleicht ist es doch nicht zu spät.«

»Dann nehmen Sie uns mit«, sagte Justus mit fester Stimme. »Wir wollen den Fall jetzt zu Ende bringen. Danach wird sich die Polizei darum kümmern.«

»Okay, Jungs. Dann hole ich schnell unser Wohnmobil. Wartet hier.«

Es dauerte nicht lange und Mike rollte mit dem klapprigen Gefährt über das Kopfsteinpflaster. »Alles einsteigen!«, rief er ihnen durch das geöffnete Fenster zu. »Jetzt zeigen wir Cora, dass sie sich mit den Falschen angelegt hat.«

Die Wolken am Himmel hatten sich mittlerweile

wieder verzogen und der helle Vollmond war zu sehen. Justus, Peter und Bob setzten sich auf eine Bank im Wohnmobil und schnallten sich an. Mike und Jasmin saßen vorn. Als der Wagen losfuhr, rollten leere Getränkedosen über den Boden und Jasmin drehte sich nach hinten um. »Tut mir leid, Jungs. Bei uns sieht es schlimm aus. Aber wir kommen einfach nicht zum Saubermachen.«

Zum Sportflugplatz mussten sie eine Weile die lange Küstenstraße entlangfahren. Schließlich bog Mike ins Landesinnere ab. Dann konnten sie in der Ferne zwei große Blechhallen erkennen. »Gleich sind wir da, Jungs. Das vor uns sind die Hangars. Hier werden die kleinen Flugzeuge abgestellt oder repariert. Um diese Zeit ist der Flugplatz aber normalerweise menschenleer.«

Das Gelände war von einem hohen Zaun umgeben. Kurz darauf lenkte Mike das Wohnmobil durch das große Tor. »Seht ihr, es steht offen. Ich bin mir sicher, dass Cora hier durchgefahren ist.« Dann schaltete er das Licht aus, doch man konnte im hellen Mondlicht noch deutlich alles erkennen. Jasmin neben ihm zeigte aufgeregt zu einem kleinen Schuppen. »Das ist sie ganz sicher, Mike. Dort vorn steht ihr Motorrad. Die muss noch hier sein und wird garantiert gerade ein gutes Versteck für das Geld suchen. Na, die soll mich kennenlernen.« Mike fuhr jetzt hinter den Schuppen und schaltete den Motor aus. »Wahrscheinlich hat sie uns kommen hören. Aber jetzt sitzt sie in der Falle. Zur Sicherheit werde ich etwas an ihrem Motorrad basteln.«

»Was haben Sie vor?«, fragte Bob nach.

Mike grinste und hielt jetzt eine kleine Zange in der Hand. »Damit werde ich ein paar Drähte durchkneifen. Ich kenne mich damit aus. So wird das Motorrad unmöglich anspringen. Wir sollten uns am besten aufteilen. Ihr drei sucht auf der Ostseite des Flugplatzes nach ihr und Jasmin und ich übernehmen die Westseite. Hier, ich gebe euch ein Funkgerät mit. Wenn ihr sie entdeckt, dann unternehmt nichts, denn man weiß nicht, zu was sie noch imstande ist. Funkt mich dann einfach an.«

Eilig stiegen alle aus dem Wagen und das Pärchen verschwand in Richtung Westen. Die drei Freunde schlichen zu dem Hangar auf der Ostseite. Peter hielt dabei das Funkgerät fest in den Händen. »Wir sollten wirklich kein Risiko eingehen. Ich bin froh, dass morgen die Polizei den Fall übernimmt.«

Justus ging voran. »Ich auch, denn mehr können wir nicht tun. Das Unsichtbare Phantom hat sich selbst überführt und wir haben alle Antworten auf sämtliche Fragen.«

Sprung ins Nichts

Vorsichtig versuchten Justus, Peter und Bob, einen Blick in den offenen Hangar zu werfen. Im schummrigen Licht erkannten sie mehrere kleine Flugzeuge. Einige waren teilweise auseinandergebaut und es roch nach Flugbenzin und Öl. Bob nahm aus dem Rucksack die Taschenlampe und ließ diese kurz aufleuchten. Eine schlafende Katze erschrak und nahm mit großen Sätzen Reißaus. Justus sah ihr hinterher. »In dem Hangar wird die Borelli nicht sein, denn sonst wäre die Katze schon vorher geflüchtet. Eine Durchsuchung können wir uns sparen.« Peter war erleichtert. »Da bin ich aber auch froh drüber.«

Unweit des Hangars neben dem Rollfeld machte Bob jetzt eine weitere Entdeckung. »Seht mal, ist das nicht das kleine Flugzeug, das wir gestern am Himmel gesehen haben?« Auch Justus musterte es. »Du meinst, aus dem die Borelli gesprungen ist? Ja, das könnte es tatsächlich sein. Aber es flog hoch am Himmel. Da muss man schon Adleraugen haben. Aber lasst uns das Flugzeug einmal aus der Nähe ansehen.«

Vorsichtig näherten sich die drei ??? der kleinen Propellermaschine. Wieder ließ Bob kurz die Taschenlampe aufblitzen. »Das könnte wirklich ihre Maschine sein. An der Spitze sehe ich zwei Buchstaben. C und B. Das steht garantiert für Cora Borelli.« Peter nickte. »So langsam kommen wir der Sache näher. Vielleicht hat sie dort das Geld versteckt?« Mit vorsichtigen Schritten gingen die drei Detektive um die Propellermaschine herum. Dort machten sie die nächste Entdeckung. »Volltreffer«, flüsterte Peter. »Die hintere Tür am Rumpf steht offen und die Trittstufen sind rausgeklappt.«

Justus hatte genug gesehen und zog das Funkgerät aus der Hosentasche. »Jetzt müssen Mike und die Polizei übernehmen«, flüsterte er. »Der Fall ist vollständig aufgeklärt. Die Borelli hat alles inszeniert und die Versicherung betrogen. Dafür wandert sie ins Gefängnis.« Anschließend drückte der Erste Detektiv die Sprechtaste. »Mike, bitte kommen. Ich glaube, wir sind hier auf der richtigen Spur. Kommen Sie zur Ostseite. Hier steht eine Propellermaschine vor dem Rollfeld und …«

Weiter kam Justus nicht, denn plötzlich wurde ihm von hinten das Funkgerät aus der Hand geschlagen. Es krachte auf dem Boden und zersprang in mehrere Stücke. Wie aus dem Nichts stand jetzt Cora Borelli hinter ihnen. »Sieh an, die Jugend von heute treibt sich in der Nacht auf Flugplätzen rum«, zischte sie wütend. »Aber genug geschwatzt. So wie es aussieht, bin ich mit meinem kleinen Versicherungsbetrug aufgeflogen. Das ist ärgerlich. Sehr ärgerlich, versteht ihr? Warum mischt ihr euch in anderer Leute Angelegenheiten ein? Wisst ihr eigentlich, wie lange ich an dem Plan gearbeitet habe? Und nun ist alles für die Katz. Hätte ich euch bloß nie kennengelernt. Jetzt stellt sich für mich natürlich die Frage, was ich mit euch mache.« Peter war kreideweiß. »Lassen Sie uns einfach gehen«, stotterte er. »Wir erzählen die Geschichte auch keinem weiter.« Cora Borelli lachte laut auf und warf dabei ihre blonden Haare nach hinten. »Hältst du mich für so dumm und naiv? Ihr geht doch sofort zur Polizei. Nein, ich muss mir für euch etwas anderes ausdenken. Aber ich glaube, ich habe schon eine Idee. Los, alle rein in die Maschine. Wir machen einen kleinen Ausflug. Und versucht nichts, was ihr später bereuen würdet. Ich bin nicht nur Fallschirmspringerin, sondern hab eine Ausbildung in Karate, Kung-Fu, Judo und Kickboxen. Also legt euch nicht mit mir an.« Justus, Peter und Bob hatten keine Wahl und stiegen widerwillig in das Propellerflugzeug ein. Hinter ihnen schloss Cora Borelli die Tür und ging zum Cockpit. »Ihr habt einen Gratisflug gewonnen«, grinste sie frech. »Also setzt euch, schnallt euch an und stellt die Rückenlehne gerade. Dieses ist ein Nichtraucherflug und während Start und

Landung ist die Benutzung der Waschräume untersagt.«

»Wie witzig«, flüsterte Bob. »Hier gibt es ja nicht einmal Sitzplätze.« Im Innenraum des kleinen Flugzeuges befanden sich nur mehrere Aluminiumkisten und große Stoffsäcke. Plötzlich wurde es sehr laut und der Motor der Maschine wurde angeworfen. Durch ein kleines Fenster konnten sie erkennen, dass das Flugzeug zur Startbahn rollte. Justus musste schlucken. »Was hat die nur mit uns vor?« In diesem Moment nahm das Flugzeug Fahrt auf und wurde immer schneller. Durch das Fenster sahen die drei, wie die Landschaft an ihnen vorbeiraste. Dann hob die Maschine ab. Alles um sie herum erzitterte und dröhnte ohrenbetäubend. Erst als sie eine bestimmte Flughöhe erreicht hatten, wurde es wieder etwas ruhiger. Viel konnten sie in dem nachtschwarzen Himmel nicht erkennen. Ihr Blick blieb an dem hellen Vollmond hängen. Nach etwa zehn Minuten trat Cora Borelli plötzlich aus dem Cockpit hervor. Mit Schrecken erkannten die drei Freunde, dass sie auf dem Rücken einen Fallschirmsack trug. »So, ihr Mini-Spione«, zischte sie mit scharfer Stimme. »Wir haben unsere vorgesehene Flughöhe erreicht. Ich habe das Flugzeug auf Autopilot gestellt. Es wird eine Weile am Himmel kreisen, bis die Leute von der Flugsicherung euch ferngesteuert wieder heil runterbringen. Diese Maschine ist dafür extra so gebaut worden. Fasst nichts an! Weder Knöpfe noch Schalter. Vergesst alles, was ihr im Fernsehen gesehen habt. Wenn ihr gelandet seid, habe ich schon längst das Weite gesucht. Und das hier nehme ich natürlich mit.« In den Händen hielt die Erpresserin jetzt das richtige Kuvert mit dem erbeuteten Lösegeld. Dann schob sie die seitliche Tür auf und ein mächtiger Wind schoss durch den Innenraum. »Dann guten Flug!«, schrie Cora Borelli gegen den Lärm an und sprang, ohne zu zögern, ins schwarze Nichts.

Justus, Peter und Bob konnten nicht glauben, was soeben geschah. Plötzlich befanden sie sich hoch oben am Himmel und konnten nur darauf hoffen,

dass irgendjemand sie retten würde. Fassungslos starrten sie auf die offene Tür.

»Das war's«, sagte Peter leise. Und obwohl es ohrenbetäubend laut war, erahnten Justus und Bob seine Worte …

Plötzlich bewegte sich hinter ihnen einer der großen Stoffsäcke. Dann schob sich daraus ein Kopf hervor. Es war Mike, der technische Leiter.

»Unglaublich«, rief er laut. »Ich hätte nie gedacht, dass Cora dazu in der Lage ist.« Mit diesen Worten schob er die Tür wieder zu und es wurde schlagartig leiser in der Maschine. Bob fand als Erster seine Sprache wieder. »Wo-wo kommen Sie plötzlich her?«, stotterte er. »Wir dachten, es ist vorbei mit uns.« Mike grinste sie an. »Wenn ich dabei bin, ist es nie vorbei. Ich hatte euren Funkspruch gehört und bin sofort losgerannt. In einem guten Moment habe ich mich dann in die Maschine geschlichen. Den Rest kennt ihr ja. Und habt keine Angst, denn auch ich bin ausgebildeter Pilot. Ich ahnte, was Cora vorhatte, und wollte jegliche Gewalt vermeiden. Obwohl das mit ihren Kampfsportarten natürlich Quatsch ist. Aber man weiß nie, was jemand in solchen Situationen unternimmt.« Peter atmete erleichtert auf. »Sie wissen gar nicht, wie froh ich bin, dass Sie hier sind.« Bob nickte und hob beide Daumen. »Und ich erst. Wie geht es jetzt weiter?«

»Ganz einfach. Ich drehe die Maschine um und werde sie gleich sicher auf dem Flugplatz landen.

Die Koordinaten für die Absprungstelle habe ich mir gemerkt. Unten werde ich sofort die Polizei alarmieren. Cora wird nicht weit kommen und für lange Zeit hinter Gitter wandern.« Auch Justus war erleichtert. »Was für eine unglaubliche Geschichte. Und eins weiß ich jetzt sicher.«

»Was denn?«, fragte Peter nach.

»Ich will doch nicht mit einem Vogel tauschen und stehe lieber mit beiden Beinen auf dem Boden.«

Seine beiden Freunde sahen das genauso und konnten zum ersten Mal wieder lachen.

ULF BLANCK ist 1962 in Hamburg geboren und lebt dort südlich der Elbe mit seiner Familie. Er schreibt seit dem Start für *Die drei ??? Kids* und produziert auch die Hörspiele. Nach dem Architekturstudium arbeitete er viele Jahre als Redakteur beim Radio. Außer Kinderbüchern schreibt Ulf Blanck auch Drehbücher und Theaterstücke. Geschichten zu erzählen, die er als Kind gern gelesen hätte, spornt ihn an. Die ehrenamtliche Mitarbeit in Kinder-Ferienzeltlagern hilft ihm bei seinem Wunsch, zehn Jahre alt zu bleiben. Seine Hosentaschen sind vollgestopft mit Dingen, die er auf der Straße aufgesammelt hat und die zu nichts zu gebrauchen sind, außer für schöne Geschichten. Mehr über Ulf Blanck findest du unter **ulfblanck.de**

Stefani Kampmann zeichnete schon als Kind gerne und überall. Als Illustratorin setzte sie zahlreiche Kinder und Jugendbücher um, auch zwei Graphic Novels entstanden. Außerdem gibt sie Workshops im Erzählen von Comic-Geschichten für Jugendliche. Die Reihe *Unsichtbar und trotzdem da!* wurde von ihr illustriert, und seit 2016 trägt sie zur Entstehung von *Die drei ??? Kids* bei. Mehr über Stefani Kampmann findest du unter **stefanikampmann.de**

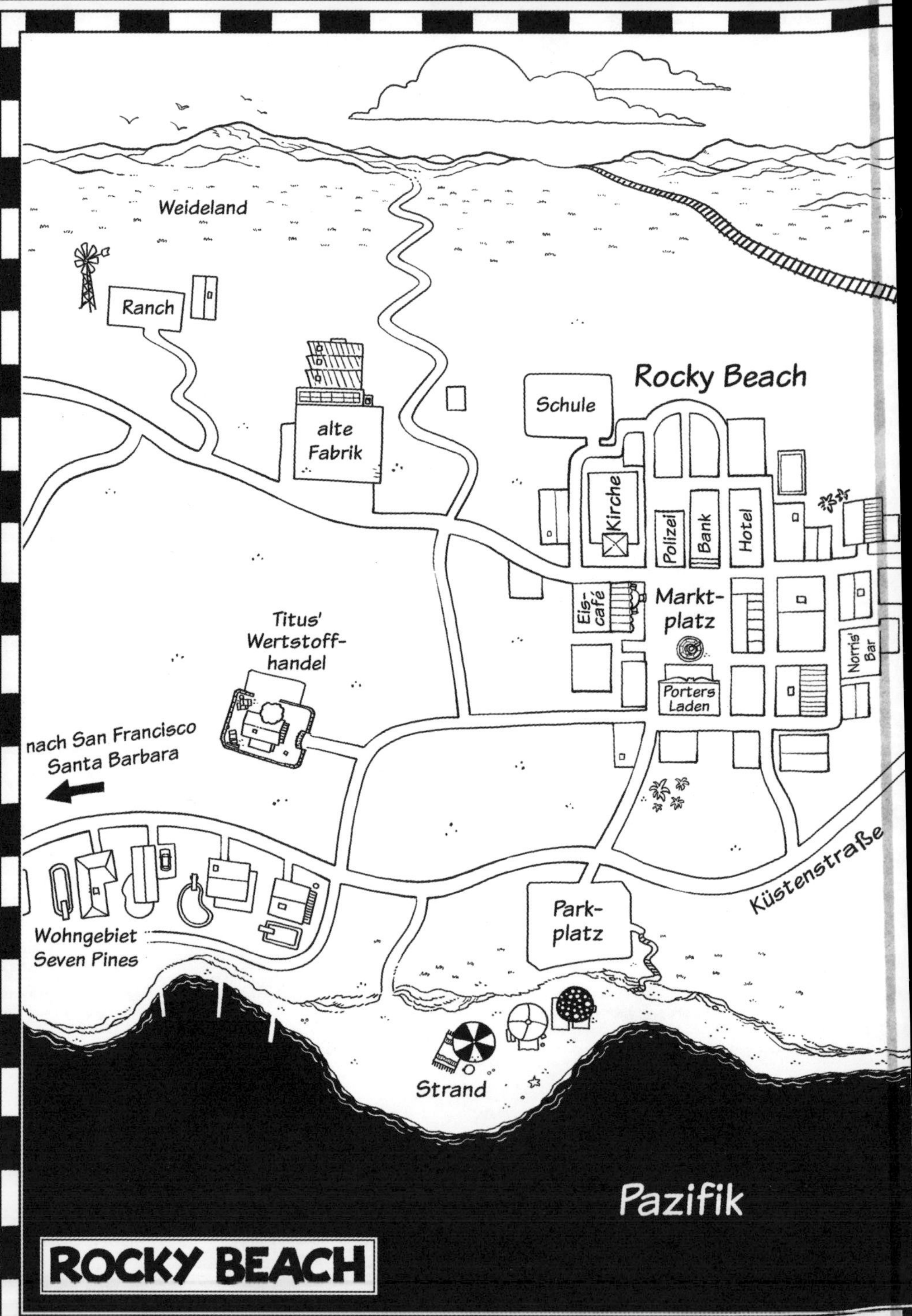
Weideland
Ranch
alte
Fabrik
Rocky Beach
Schule
Kirche
Polizei
Bank
Hotel
Eis-
café
Markt-
platz
Titus'
Wertstoff-
handel
Norris'
Bar
Porters
Laden
nach San Francisco
Santa Barbara
Küstenstraße
Park-
platz
Wohngebiet
Seven Pines
Strand
Pazifik
ROCKY BEACH